光文社文庫

文庫書下ろし／長編時代小説

桑の実が熟れる頃

南蛮おたね夢料理(五)

倉阪鬼一郎

光 文 社

この作品は光文社文庫のために書下ろされました。

目次

第一章　玉子包み焼き

一

安政《あんせい》六年（一八五九）の正月は、いつもとは趣《おもむき》が異なっていた。

江戸に住むだれもが、年が改まったことにそこはかとなくほっとしているように思われた。

無理もない。前の年は、大変な難儀が江戸の人々を襲った。

アメリカの軍艦の乗組員に端を発したコロリは、あれよあれよと言う間に広がり、箱根の山を越えて江戸を襲った。

即死病、三日コロリとも呼ばれて恐れられた伝染病は猛威をふるった。ひところは棺桶《かんおけ》も追いつかないほどで、江戸で暮らす民を次々になぎ倒していった。

深い悲しみを残して、コロリはようやく終息した。死者は江戸だけで十万とも二十数万とも伝えられている。

安政に入ってから、江戸は災難続きだ。大火の翌年に大地震があり、さらにその翌年には大あらしと高波が襲った。

そして、安政五年（一八五八）のコロリの大流行だ。これでもかというほどの災い続きだった。

しかも、コロリで多くの人が亡くなった昨年は、追い打ちをかけるようにまた大火が起きた。

その年の冬は雨が少なく、大気が乾いていた。風が強い日に火が出たら、たちまち燃え広がってしまいかねない。

そんな危惧《きぐ》が、うつつのものとなった。

十一月十二日には赤坂《あかさか》から火が出て夜通し燃えた。鎮火したと胸をなでおろしたのも束の間、十五日の朝方、今度は神田相生町《かんだあいおいちょう》から火が出た。風向きが悪く、火は次々に燃え広がり、二百数十町が灰燼《かいじん》に帰した。記録によれば、「町小路焼死怪我人算《かぞ》うべからず」という惨状だった。

こうして、まさに踏んだり蹴ったりの安政五年が終わり、新年になった。

江戸に住むだれもが、年が改まったことにそこはかとなくほっとしているように思われるのも無理はなかった。

二

「どうせなら、改元しても良かったと思うがねえ」

一枚板の席で、夏目与一郎《なつめよいちろう》が言った。

元は町方の与力《よりき》だが、いまは楽隠居の身だ。海目四目《うみめよんもく》という名の狂歌師でもある。

「ほんとに、まだ安政が続くのかと思ったら、少々げんなりしますね」

夢屋《ゆめや》のおかみのおたねが答えた。

芝伊皿子坂《しばいさらござか》のなかほどに、明るい萌黄色《もえぎいろ》ののれんが出ている。そのあたたかい色合いにも似た、ほっこりする料理を出して喜ばれてきた夢屋だが、コロリが流行《はや》った去年は大変だった。

身内こそ幸いにも無事だったが、常連客はいくたりも亡くなった。コロリの病勢が進まぬように食い止める手立てを知るや、みなで力を合わせて奮闘した。その甲斐もあってようやくコロリは収まったけれども、江戸で暮らす人々に残した悲しみは深かった。

そこへ二度の大火が追い打ちをかけたのだ。常連の夏目与一郎が「改元しても良かった」と言うのも無理はなかった。

「なんにせよ、助かった命だから、その分気張らないとね」

厨《くりや》から女料理人のおりきが言った。

縁あって夢屋の厨を受け持ってくれている。いつも元気な肝っ玉母さんだが、さすがにコロリが流行ったときは笑みが陰ることが多かった。

「そりゃそうだよ。ちゃんとしてなきゃ、いままでいろんな災いで亡くなった人たちに相済まないからね」

おりきの息子の太助《たすけ》が言った。

「人の親になって、ずいぶんと言うことが変わってきたじゃないか」

夏目与一郎がそう言って、赤子のほうを指さした。

持ち帰り場では、太助の女房のおよしがわが子をあやしていた。

昨年の春に生まれた春吉《はるきち》だ。

まだ小さいころは、太助と代わる代わるに背負ったりだっこしたりしていたのだが、だいぶ大きくなってきたのでそれではつらくなってきた。

そこで、このところは近くに小ぶりの茣蓙《ござ》とおくるみを置いている。機嫌よく這《は》い這いをしたりする赤子は、すっかり夢屋の人気者になっていた。

ただし、赤子はどこへでも行こうとするから、始終見張っていなければならない。夢屋の持ち帰り場では海老《えび》や甘藷《かんしょ》の串揚げを出している。甘口と辛口、二つのたれを好みでかけられるから、客にはずいぶんと好評だ。ここでは油を使っているから、春吉にもしものことがないようにみなで注意を払っていた。

「ちゃんとしてねえと、せがれに示しがつきませんからね」

太助が答えた。

「むかしのおまえに聞かせてやりたいよ」

母のおりきがそう言ったから、夢屋に和気が満ちた。

「昔はあっちへふらふら、こっちへふらふらしてたからな」

太助が髷《まげ》に手をやる。

「赤茄子《あかなす》で大もうけするとか大言壮語してたが、ありゃあどうなったんだい？」

夏目与一郎が笑みを浮かべて問うた。

「いや、畑にもたまに行ってるんですよ」

太助が答えた。

「そうかい。赤茄子もまだやってるんだ」

「そのうち、四目先生の甘藍《かんらん》に負けねえようなものをつくりますんで」

太助は腕まくりをした。

甘藍と赤茄子、面妖《めんよう》な作物の名だが、何のことはない、現在のキャベツとトマトのことだ。ただし、江戸時代はともに観賞用として伝わっていて、食用としてはいまだ緒《ちょ》に就《つ》いたばかりだった。

夏目与一郎は甘藍、太助は赤茄子。ともに畑でいろいろ試しながら育てているのだが、まだこれはという出来にはなっていない。

それでも、甘藍のほうはひところよりだいぶましになってきた。焼いたり蒸したりゆでたり、料理人のおりきとおかみのおたね、それに常連が知恵を出し合い、焼きうどんの具などにして食している。甘藍の使い道は、これからまだまだ開けてきそうだった。

「いいのができたら使ってやるよ」

おりきが太助に言ったとき、のれんが開いて人影が現れた。

ただし、客ではなかった。

夢屋のあるじの光武誠之助《みつたけせいのすけ》だった。

三

「まかないを頼むよ」

誠之助は厨のおりきに声をかけた。

「あいよ。相も変わらぬ焼き飯ですがね」

女料理人が鍋を振るしぐさをした。

「具は日替わりだからね」

総髪の学者が笑みを浮かべた。

「聡樹《そうじゅ》さんもそろそろ見える？」

おたねがたずねた。

坂井《さかい》聡樹は誠之助の一番弟子だ。寺子屋でわらべたちに手習いを教えたあと、弟子には蘭学を教えているのだからなかなかに忙しい。

「ああ。蘭書の輪読のあと、ちょっと相談もあるから呑み直すかもしれない」

誠之助は告げた。

「どういう相談だい？」

夏目与一郎がたずねた。

「亜米利加《あめりか》との交渉事でも働いている通詞さんがいるんですが、いま江戸で英吉利語《いぎりす》を教えているのだとか。できれば教わりたいものだと思って、そのあたりの相談をしようかと」

半ばは女房のおたねに向かって、誠之助は言った。

「ほう、英吉利語を」

「まだ学ぶつもりなの、おまえさま」

ややあきれたように、おたねは言った。

「そりゃ、象山《しょうざん》先生などに比べたら、足元にも及ばないからね。まだまだ学ぶことはたくさんあるよ」

誠之助はかの佐久間《さくま》象山の弟子だ。万能の天才として高名な象山だが、弟子の吉田《よしだ》松陰《しょういん》の海外渡航事件に連座し、いまは故郷の信州《しんしゅう》松代《まつしろ》藩で蟄居《ちっきょ》の身をかこっている。

門番付きの監視下に置かれ、人と交わらないようにされているのだが、弟子の光武誠之助はもともと御庭番の家系で忍びの心得がある。余人は無理でも、誠之助だけは師のもとを訪れることができた。

「たしかに、お父さんもあの歳《とし》で医書を買いこんで読んでるから」

おたねが言った。

おたねの父は志田玄斎《しだげんさい》という本道《ほんどう》(内科)の医者だ。同じ医者の津女《つめ》とともに、夢屋がある伊皿子坂からほど近い魚籃坂上《ぎょらんざかうえ》の三田台裏町《みただいうらまち》に診療所を開いている。おたねは通り名で、本名は志田多根《たね》という。かつては親の跡を継いで医者になる勉強もしていたのだが、誠之助と結ばれるなどの紆余《うよ》曲折《きょくせつ》を経て、いまは夢屋のおかみになっている。

医者にもいろいろあるが、玄斎と津女は和漢洋に通じた腕のいい医者だ。おかげで患者が引きも切らず、忙しい日々を送っているというのに、なお新たな医書を買いこんで勉強に精を出している。

ここで焼き飯が来た。

「はい、お待ち」

おたねが茶とともに運ぶ。

「甘藍の軸のところも細かく刻んで入れてますから」

おりきが厨から言った。

「おお、うまそうだ」

誠之助はさっそく匙《さじ》をつかんだ。

「人が食べてるのを見ると、何かほしくなってくるね」

「なら、四目先生にも焼き飯を？」

おりきが問う。

「いや、豪勢に玉子の包み焼きはどうだい」

夏目与一郎がいくらか身を乗り出した。

玉子はむかしほどの高嶺の花ではなくなった。しかも、夢屋は白金村《しろかねむら》の杉造《すぎぞう》が産みたての活きのいい玉子をたんと届けてくれる。よそでは出ない玉子料理も夢屋では味わうことができた。

「お高いですよ、四目先生」

持ち帰り場で春吉をあやしながら、太助が言った。

「なに、それなりに楽隠居だからな」

夏目与一郎は左うちわであおぐしぐさをした。

口ではそう言っているが、高波に流されて九死に一生を得たり、隠居所を建て直したり、ここまでいろいろと苦労をしてきた。

生きてるだけでありがてえ、と災い続きの安政の江戸で暮らす人々は折にふれて口にするが、夢屋の常連にもそれぞれに人生の年輪がある。

「なら、具はじゃがたら芋で」

おりきがさっそく乗ってきた。

「ああ、いいね」

海目四目が笑みを浮かべた。

そのとき、風呂敷包みをかかえて、一人の若者があわただしく入ってきた。

「おう、いま食べ終わるところだ」

誠之助が匙を上げた。

「どうぞごゆっくり」

笑みを浮かべたのは、弟子の坂井聡樹だった。

これから寺子屋で蘭学を伝授する。坂に沿って建つ夢屋は、棟続きの並びに寺子屋がある一風変わった造りになっていた。

夢屋の厨も通りから見える。うまそうな料理をつくっているさまを見て、ふらりとのれんをくぐり、いつのまにか常連になった客もいた。

「誠之助さんと一緒に、英吉利語も勉強するんだって?」

息子をおよしに渡してから、太助が聡樹にたずねた。

「ええ。今日はそのあたりの相談もあとで」

「なにぶん忙しい先生らしいからね。入れてくれるかどうか、筋を通して頼まなければ。……ああ、ごちそうさま、うまかった」

誠之助は厨に言った。

「なんの」

次の料理をつくりながら、おりきが短く答える。

「で、その先生のお名前は？　おまえさま」

おたねがたずねた。

誠之助は茶を呑み干してから答えた。

「森山多吉郎《もりやまたきちろう》先生だ」

四

誠之助と聡樹と入れ替わるように、また夢屋の常連が姿を現した。

「おや、蘭《らん》ちゃん、甘藷の串、これで終《しま》いだよ」

太助が声をかけたのは、友でもある杉田蘭丸《すぎたらんまる》だった。

つややかな総髪の蘭画家で、似面《にづら》の名手でもある。

「早く帰りたいから、残り物を押し付けてるんじゃないか？」

蘭丸が笑みを浮かべた。

「いやいや、甘藷を揚げた串は冷えてもうまいから」

「なら、わたしがいただきましょう」

そう言って右手を挙げたのは、雛屋佐市《ひなやさいち》だった。

雛人形屋としばしば間違えられるが、芝神明《しばしんめい》の雛屋は眼鏡《めがね》やぎやまん物、唐物《からもの》などを幅広く扱っている。蘭画家が用いる硝子《がらす》筆をこしらえ、できあがった絵を売りさばいたりもするから、蘭丸にとってはありがたい後ろ盾だ。

「たれはどちらで」

太助が問うた。

夢屋の持ち帰り場の串揚げは、甘辛二つのたれで味わうことができる。日によって串の具は違うが、海老と甘藷は東西の大関格だ。

「なら、甘口で。いま入るから」

「へい、承知で」

蘭丸と雛屋佐市がのれんをくぐって入ってきたとき、おりきの鍋が小気味よく動いて料理が仕上がった。

「はいよ、玉子包み焼き」

女料理人が一枚板の席に平たい皿を置いた。

「おお、こりゃうまそうだ。さっそくいただくよ」

夏目与一郎が匙を手に取った。

「それもいいですねえ」

甘藷の串を手にしたまま、佐市が言う。

「まだできますか？」

蘭丸が問うた。

「あと一人なら」

おりきが答えた。

「じゃあ、ください」

若き蘭画家が右手を挙げた。

杉田蘭丸の祖父はかの『解体新書』の扉絵などを手がけた秋田蘭画の鬼才、小田野直武《おだのなおたけ》だ。平賀源内《ひらがげんない》に同行して江戸で暮らしていたとき、ひそかに生まれた子の血筋だから、絵描きになるべくしてなったような男だった。

「玉子の中のほうがとろっとしていて、じゃがたら芋とうまく響き合ってるねえ」

夏目与一郎が感に堪《た》えたように言った。

「そのあたりは、おたねさんといくたびも相談してつくってますんで」

おりきが笑う。

「具のじゃがたら芋は、ゆでてつぶしてから塩《しお》胡《こ》椒《しょう》を強めにしてみました」

おたねが言った。

「ちょうどいい加減だよ。じゃがたら芋のかみ味もしっかり残ってるしね」

「おいらは飯に味をつけて包めばどうかって言ったんです」

持ち帰り場の後片付けをしながら、太助が言った。

見世《みせ》の裏手のほうから子守唄が聞こえる。およしが春吉をあやしているらしい。そろそろ帰る頃合いだ。

「それもおいしいんだけど、まだ中食《ちゅうじき》には出せないわねえ。手間がかかるし、なかには気味が悪いっておっしゃるお客さんもいるから」

おたねが軽く首をかしげた。

夢屋の中食は、毎日、品数をかぎって出している。そうすれば売れ残りが少なくなるという読みだ。この策が功を奏し、街道筋からわざわざ伊皿子坂を中途まで上って食べにきてくれる客も多くなった。

「本当は気味が悪いじゃなくて、黄身を割るんだがね」

狂歌師海目四目の顔で、夏目与一郎が言った。

「うふふふ」

おたねのほおの片側にえくぼが浮かんだ。

いままで悲しいこともあった。涙にくれた日々もあった。

でも、本来のおたねは笑い上戸だ。その笑いが、災い続きの時の波を越えて、ようやく戻ってきた。

ほどなく、蘭丸にも玉子包み焼きができた。

「なんだか画布も想わせますね」

蘭丸が皿を見るなり言う。

「たしかに、絵を描くと映えそうだね」

雛屋佐市が言う。

「紅色のものが合うと思うんですけど」

おたねが言った。

「なら、おいらの赤茄子をつぶしてみましょうか」

帰り支度をしながら、太助が言った。

「おまえの赤茄子は苦いばっかりじゃないか」

おりきが言う。

「いや、味醂《みりん》や砂糖をまぜたら甘くなるよ、おっかさん」

太助が言い返す。

「だったら、いずれまかないで」

おたねがうまくまとめた。

それからは、誠之助と聡樹が英吉利語、略して英語を学ぶことになるかもしれないという話題で持ち切りになった。

「森山多吉郎という人は幕府でも指折りの通詞だそうだ。そういう先生に教わったら、覚えも速いだろう」

玉子包み焼きを食べ終えてから、夏目与一郎が言った。

「誠之助さんの頭ですからね。そのうち、通詞に取り立てられるかもしれませんよ」

太助が言う。

「いや、うちの人はお上の覚えがめでたくないでしょうから」

おたねがややあいまいな顔つきで言った。

師の佐久間象山が吉田松陰の密航事件に連座したとき、光武誠之助も危うく罪に問われるところだった。そんなわけで、夢屋にはそれとなく監視の目が注がれている気配がなくもない。風変わりな料理を出そうとすると、南蛮風のものはまかりならぬとすぐ横槍が入ったりするのはその証《あかし》かもしれなかった。

「何にせよ、黒船が来てからというもの、世の海は大きくうねりだしましたからね」

佐市が言う。

「災いも立てつづけにありましたから。こうやって、一人だけおいしいものをいただいていると、なんだか申し訳ないような気分になります」

蘭丸はしみじみとした口調になった。

ここでおよしが戻ってきた。

「寝たかい？」

太助が問う。

「ええ、ぐっすり」

「重いだろう。おいらが運ぶよ」

太助はよく眠っている春吉を大事そうに受け取った。

そのさまを見て、おたねは笑みを浮かべた。

どうか無事に、元気に大きくなってほしい。

生きられなかった子供たちの分まで……。

おたねは心の底からそう思った。

生きられなかった子供――そのなかには、おたねの娘のおゆめも含まれていた。

五

災い続きの安政の世には、大きな地震もあった。

いまに伝えられる安政の大地震だ。

安政二年（一八五五）十月、江戸の地が揺れたとき、おたねと誠之助は上野黒門町《うえのくろもんちょう》にいた。

おたねは誠之助の寺子屋を手伝いながら、一人娘のおゆめを育てていた。

おゆめは利発な子だった。

三つになったら急に言葉が増えた。

「大きくなったら、お医者さまになって、たくさんの人を助けるの」

そんな大人びたことを口走ったときは、おたねと誠之助は思わず顔を見合わせたほどだ。

この子は天からの使いかもしれない。大事に育てなければ。

半ば本気で、おたねはそう思ったほどだ。

しかし……。

そのおゆめは、天から指でひょいとつまみ上げられるような按配《あんばい》で、実にあっけなく死んでしまった。

地震でつぶされたのではない。そのあとで起きた火事の煙に巻かれてしまったのだ。

間に合わなかった。

よそから預かっている子供たちを逃がすことだけで、誠之助もおたねも精一杯だった。

おゆめは二階で昼寝をする習いがあった。誠之助が助けに行ったときは、時すでに遅かった。

死に顔がきれいだったことだけが救いだった。おゆめはまだ眠っているかのようだった。

「目をさまして、ゆめちゃん！」

おたねはいくたびも声をかけた。

わが子の体を手で揺すり、その名を呼んだ。

だが、空《むな》しかった。

おゆめはどうしても目をさまそうとしなかった。

たった三つで、死んでしまった。

その日から、世の色が一つ、失われてしまったような気がした。
どこを探しても、その色だけがないのだ。
嘆きの日々の果てに、その色が戻ってきたのは、夢屋を開いてからだった。
夢屋のゆめは、おゆめのゆめだ。
夢屋の萌黄色ののれんになって、おゆめは生きる。
おゆめは永遠の看板娘だ。もう死ぬことはない。
折にふれて、おたねはのれんを新たなものに替えていた。
古いものも捨てはしない。手拭《てぬぐ》いや巾着などにして、大事に使っている。
「今日はいいお天気ね、ゆめちゃん」
のれんに向かって、おたねはよく話しかける。
おゆめは死んだのではない。
見えなくなっただけだ。
その証に、風に吹かれて、日を受けたのれんがはたはたと揺れる。
ああ、ゆめちゃんが来てる。
わたしのそばにいてくれている……。
そう思いながら、おたねはしみじみと夢屋ののれんを眺めることがあった。

「なら、お先に」

太助の声で、おたねは我に返った。

「ああ、お疲れさま」

眠っているわが子を抱いて帰っていく太助に声をかける。

おゆめを亡くしたあとは、人の子を見るのがつらかった。

ことに、おゆめと同じ年恰好《かっこう》の子を見かけると、心の臓の鳴りが速くなり、どうにもいたたまれない心持ちになってしまったものだ。

だが、いまは違う。

その後もさまざまな災いがあった。大あらしと高波があり、恐ろしい疫病があり、火事があった。

その荒波を乗り越えて、力を合わせて、安政の江戸の人たちは生き延びてきた。

みんな、仲間だ。

そう思うと、わらべを見ても胸が苦しくなったりはしなくなった。

どの子も無事に、大きくなってほしい。

素直にそう思えるようになった。

「気をつけて」

おりきが言う。

「また、あした」

おたねも声をかける。

ほどなく、太助とおよしは、春吉とともに伊皿子坂を上っていった。

おたねは、ほっと一つ息をついた。

嫌というほど災いが続いてしまったけれど、やっと平穏な時が訪れようとしていた。

だが……。

それからしばらく経《た》って、思わぬ仕儀になろうとは、おたねには知る由《よし》もなかった。

第二章　醬油《しょうゆ》をあげん

一

「なんだか緊張してきたな」

風呂敷包みを提げた誠之助が言った。

「わたしも心の臓が鳴ってきました」

坂井聡樹が胸のあたりを押さえる。

「気張ってきてくださいましな」

中食の支度をしながら、おたねが言った。

誠之助と聡樹は、これから森山多吉郎の英語塾へ入門を頼みにいくところだった。

本来なら、師の佐久間象山に一筆書いてもらうのが好ましいが、信州松代で蟄居の身ではできない相談だ。

それでも、同門のつてを頼って、どうにか今日、初めて塾へ頼みにいく段取りが整った。大門《だいもん》の菓子の名店、風月堂音次《ふうげつどうおとじ》で手土産を買い、塾の門をたたくつもりだ。

「まさか門前払いということはあるまいが」

と、誠之助。

「数をかぎっているから無理だといわれるかもしれませんね」

聡樹が言う。

「そんな、うちの中食じゃあるまいし」

おたねがうまいことを言ったから、硬かった二人の表情がにわかにやわらいだ。

厨のほうからいい香りが漂ってくる。

今日の中食の顔は鰤《ぶり》大根だ。脂の乗った寒鰤に、白金村の味の濃い大根を合わせる。冬場はことにうまい料理だ。

南蛮風の料理はおたねのほうが得手だが、こういった和物の本筋の料理はおりきがその腕を存分に発揮する。いかにも江戸らしい甘辛い味つけは、だれにでも好まれる、ほっこりする味だ。

「なら、お気をつけて」

持ち帰り場で海老の串を揚げながら、太助が言った。

「ああ、行ってくる」

誠之助は軽く右手を挙げた。

「帰りはいつになるか分からない。後を頼む」

おたねに告げる。

「悔いを残さぬように、やってきてくださいましな」

おたねの言葉に、誠之助は一つ力強くうなずいた。

二

森山多吉郎、もと森山栄之助《えいのすけ》は、文政三年（一八二〇）、長崎に生まれた。父の茂七郎《もしちろう》、のちの源左衛門《げんざえもん》は通詞をつとめていた。長崎には阿蘭陀《おらんだ》通詞と唐《から》通詞の二種類がいたが、父は前者のほうだった。

当時はまだ英吉利語や仏蘭西《ふらんす》語の影は薄かった。外つ国《とつくに》の言葉といえば、花形はやはり阿蘭陀語だった。

ことに、森山栄之助が生まれたころは、蘭和辞書の完成に関心が集められていた。この辞書『ヅーフハルマ』は、実に二十三年の長い年月をかけて天保四年（一八三三）にようやく完成した。森山栄之助、十三歳の時だった。

それに先んじて、栄之助はすでに稽古《けいこ》通詞となっていた。通詞の子弟は、十歳を越えると見習いや稽古通詞となるのが当時のならいだった。

栄之助の阿蘭陀語は実に流暢《りゅうちょう》で、舌を巻くほどだったと伝えられている。優秀な若手通詞として頭角を現した栄之助は、二十三歳のおり、浦賀《うらが》詰通詞として出張を命じられた。

その二年後、米国の捕鯨船マンハッタン号が浦賀に入港した。そのときの通詞をつとめたのが若き森山栄之助だった。

船内には阿蘭陀語を解する者が一人もいなかった。栄之助はやむなく、片言の英吉利語と巧みな身ぶり手ぶりを用い、どうにか通詞の役割を果たした。

生きた英吉利語を学ぶ機会を得たのは、栄之助が二十八歳のときだった。数奇な運命をたどって長崎にやってきた米国の捕鯨船員ラナルド・マクドナルドから、ほかの通詞たちとともに栄之助は貪欲《どんよく》に学んだ。

それまでは思うように英吉利語を話せず、通詞の機会があるたびに切歯扼腕《せっしやくわん》していた栄之助だが、マクドナルドから学ぶことによってその力は格段に上がった。

のちに、マクドナルドは『日本回想記』で森山栄之助をこう評している。

「彼は、私が日本で会った人の中で、群を抜いて知能の高い人だった」

その生来の頭の良さを発揮し、栄之助は阿蘭陀語に次ぐ二番目の外国語を正しく習得していった。発音こそ独特だが、非常に流暢で文法にもかなっている――マクドナルドがそう評するまでになった栄之助は、その後、通詞の表舞台に繰り返し立つことになる。

ペリーが浦賀に来航した嘉永《かえい》六年（一八五三）、森山栄之助は大通詞に昇任する。翌安政元年（一八五四）には神奈川に着任、通詞団の主席となり、日米和親条約締結の裏方として働く。

その功績が認められ、幕臣に取り立てられた森山栄之助は、名を多吉郎と改め、さらなる働きを見せる。

安政三年（一八五六）、米国総領事のハリスは下田《しもだ》に来航して駐在する。森山多吉郎は下田奉行の岡田備後守《おかだびんごのかみ》とともに会見し、見事な通訳を披露した。

「いたって気持ちの良い態度と、真の丁寧さを備えた立派な通訳である」

ハリスは日記にそう記した。

こうして多忙な日々を送る森山多吉郎には、ある志があった。英語に堪能な通詞は不足している。人を育てなければならない。

その志に基づき、多吉郎は江戸の小石川《こいしかわ》に英語塾を開いた。

なにぶん忙しい身、月に数えるほどしか開かれないが、凜冽《りんれつ》の気が漂う少数精鋭の塾だ。

その噂を聞いた誠之助と聡樹は、当たって砕けろで門をたたいた。

三

森山多吉郎の住まいは、小石川水道《すいどう》町にあった。

松などが生い茂っているいたって寂しいところで、誠之助と聡樹は通詞の帰りを待った。

すると、そこへ一人の武家がせかせかと歩み寄ってきた。

これが森山多吉郎かと思ったが、四十がらみのはずの森山にしては若かった。

「なんや、貴公らは」

向こうから気安く話しかけてきた。

言葉に上方《かみがた》なまりがある。

「森山多吉郎先生に英語を教わろうと思い、芝の伊皿子坂から足を運んできた者です」

誠之助が答えた。

「そら遠いな。それがしも鉄砲洲《てつぽうず》が住まいゆえ、二里余りも歩きますが」

二十代の半ばで、聡樹よりは年かさに見える男が言った。

「そちらも塾生で？」

誠之助が問うた。

「塾生というほど、塾は開かれんのですわ。なにぶん忙しいお人ですからな、森山先生は。足を運んでも、今日は用があるから無理やっちゅう日もありますんで」

男はいくらか浮かない表情で告げた。

「さようですか。では、無駄足に終わる日もあるわけですね」

と、誠之助。

「貴公らは蘭語は？」

男が問う。

「わたしは光武誠之助、佐久間象山先生の弟子で、蘭語については多少の覚えがあります。さりながら、英吉利語は不得手につき、森山先生にぜひご教授をとまかりこした次第で」

誠之助はそう言って、かたわらの聡樹に手で合図をした。

「光武先生の弟子で、坂井聡樹と申します」

聡樹は手短に名乗った。

「ほう、象山先生のお弟子さんと孫弟子さんですか。それはそれは」

「そちらはどなたに学んだのです？」

年下の男に向かって、誠之助はたずねた。

「緒方洪庵《おがたこうあん》先生に。大坂《おおさか》の適塾《てきじゆく》におりましたんで」

上方から江戸へ出てきた男が言った。

「緒方洪庵先生のコロリの治療法は、江戸でも多くの人の命を救いました」

誠之助が感慨深げに言った。

「えらいことでしたなあ、コロリは」

男は顔をしかめた。

「ところで、あなたのお名は？」

誠之助はたずねた。

「ああ、申し遅れました。福沢《ふくざわ》と言《ゆ》います」

「名のほうは」

重ねての問いに、適塾出身の男はひと息置いて答えた。

「諭吉《ゆきち》」

四

福沢諭吉は話の面白い男だった。

それればかりではない。端倪《たんげい》すべからざる学殖と度量の広さを兼ね備えていた。

「いままでの数年のあいだは、それこそ死に物狂いで蘭語の勉強につとめてきたもんですわ」

福沢は言った。

「それがまた、なぜ英語の勉強を？」

誠之助はたずねた。

「貴公ら、横浜《よこはま》へは？」

逆に福沢が問うた。

「行ってみたいと思いながら、なかなか果たしておりません」

聡樹が答えた。

「象山先生の信州には折にふれて足を運んでるんだが」

誠之助も言葉を添える。

「わたしは先だって行ってみたのだが、言葉がいっこうに通じぬ。ちらほらと掘っ立て小屋に毛の生えたような見世もできてるんやけど、看板の文字がちいとも読めぬのには参りました」

福沢は嘆いた。

「なるほど、英語で書かれていたわけか」

誠之助は得心のいった顔つきになった。

「そうです。飲み物の瓶に貼ってある紙の字も読めぬのだから、世話はない。そのうち、キニッフルという独人の見世へ入ったら、どうにか蘭語で筆談ができ、いくらか買い物をして帰ってきました」

「それで、英語を学ぶ必要があると思われたんですね？」

聡明な聡樹がたずねた。

「そのとおり。えらい落胆してしもてな」

福沢の顔がゆがんだ。

「いままであんねん苦労して学んできた蘭語が、横浜では何の役にも立たへん。これからは米国や英国といろいろ条約を結ばなあかん。そのためには、とにもかくにも英語を学ばねばと思《おも》て、ここへ来たんですが……」

福沢諭吉はあいまいな顔つきになった。

「なかなか思うとおりにはいきませんか」

聡樹がそれと察して言った。

「そうやねん。森山先生はなにぶん忙しい身、小石川まで来ても無駄足になることもある。それに、発音はわりかたちゃんとしてはりますが、系統立てて英語を学んだお方やないんで、やっぱり字引をこまめに引きながらおのれで学んでいくしかないところなんやけど……」

「適当な字引は出ておりますか」

誠之助が問うた。

「横浜で薄い英蘭対訳の会話の字引を買《こ》うてきたんですが、それだけでは前へ進みません。横浜へ行く商人に、何ぞええ字引はないかと声をかけてあるとこですわ」

諭吉が答えたとき、向こうから提灯《ちょうちん》の灯《あか》りが近づいてきた。

今度は間違いなかった。

姿を現したのは、森山多吉郎だった。

五

蒼白《あおじろ》い考え深げな顔つきで、人を射すくめるような黒い目をしている——森山多吉郎の風貌を、ラナルド・マクドナルドはそう評している。

提灯の灯りのせいか、あるいは激務の疲れか、森山多吉郎の顔色はいやに悪く感じられた。

「塾生志望の方々がお待ちですわ、先生」

福沢諭吉が身ぶりをまじえて言った。

「佐久間象山先生の弟子で、光武誠之助と申します」

「その弟子の、坂井聡樹です」

二人はすかさず名乗った。

「森山、多吉郎と申す」

途中で息を入れて名乗ると、英語塾を開いている男は誠之助の顔を見た。

「象山先生の弟子か。何をされておる」

「芝伊皿子坂にて、寺子屋と……」

誠之助は少しだけ思案してから続けた。

「夢屋という、南蛮料理も出す見世を営んでおります」

相手が通詞だから、告げておいたほうが良かろうと思って言ったのだが、それを聞いて森山多吉郎の表情が変わった。

「南蛮料理を」

それまではやや眠そうだった顔つきが、にわかに引き締まった。

「はい。実際につくっているのは妻と女料理人で、わたしは仕入れなどを見ているだけなのですが」

誠之助は包み隠さず告げた。

「ならば、亜米利加の料理なども心得があるわけだな？」

森山多吉郎は年下の誠之助に問うた。

「心得というほどのものではございませんが、いざとなったら象山先生のお知恵を拝借することもできますので」

松代の蟄居所《ちっきょじょ》に並んだ書物を思い浮かべながら、誠之助は答えた。

「料理談義もよろしいけど、だいぶ寒なってきましたな」

福沢諭吉が首をすくめた。

「ああ、そうだな。なら、上がってくれ」

森山多吉郎はあまり見たことのない手つきを見せた。

家人が恐縮しながら茶を出してくれた。

あるじの留守のあいだに勝手に上がりこむわけにはいかないゆえ、寒くても待っていなければならない。芝伊皿子坂から小石川水道町まで足を運び、師を待つだけでもなかなかに難儀だった。

誠之助と聡樹が初回ということもあり、森山多吉郎の講義は英語で自己紹介をするところから始まった。

「おのれの、名は、○○でござる。これを英語に訳せば、おのれは、アイ、藍染めのアイ、おのれの、はマイ、舞扇のマイ、おのれを、はミー、巳之吉《みのきち》のミー、よって続けて、アイ・マイ・ミーとなる」

師が早口でまくしたてるから、さしもの誠之助と聡樹もついていくのが精一杯だった。

「元へ戻れば、おのれの、マイ、名、ネーム、眠いのネーム、イズ、伊豆守《いずのかみ》のイズ、タキチロウ・モリヤマ。かように、名を先に、姓を後にするのが慣例なのである。ユー・シー？」

「アイ・シー、ティーチャー」

福沢諭吉が答えた。

心得ました、先生、と言ったのだろう。

誠之助はそう察しをつけた。

「では、名乗ってみなされ」

森山多吉郎が大仰な身ぶりで示した。

「はい……マイ、ネムイ？」

「ネーム」

「マイ・ネーム……伊豆」

「発音は、イズ」

「イズ」

「あとは？」

「セイノスケ・ミツタケ」

「グッド！　エクセレント！」

大仰な身ぶりをまじえて、師は誠之助をほめた。

よろずにこんな調子だった。

「彼は、ヒー、火のヒー。彼の、はヒズ、彼を、はヒム。ヒー、ヒズ、ヒム」

「ヒー、ヒズ、ヒム」

生徒が復唱する。

「おなごの名称が変わるのが、英語の厄介なとこじゃ。彼に対するおなご代名詞は、シー。彼女の、彼女を、は同じにて、ハー。歯のハー」

森山多吉郎はやや並びの悪い歯を見せた。

「続けて、シー・ハー・ハー」

「シー・ハー・ハー」

「グッド」

師は軽くこぶしをつくった。

そんな調子で、講義は瞬《また》くうちに終わった。

どれほど身になったかは分からないが、とりあえず無駄足にはならなかった。同じ塾生の福沢諭吉とも近づきになれた。誠之助は心地いい疲れを覚えていた。

「さて、今日はこれにて終わりだ」

「サンクス、ティーチャー」

福沢諭吉が英語で言う。

「今月はちと忙しゅうてな。条約がらみのつとめで忙殺されておる。おのおの、励みなされ」

講義が終わると、森山多吉郎の顔にまた疲れの色が浮かんだ。

「ご無理は申せませんので」

誠之助は言った。

「横浜へ行くあきんどに、良き英蘭辞書を購《あがな》えぬものかと声をかけてあります」

福沢が告げた。

「それは良きこと」

森山多吉郎はそう答えると、少し間を置いてから誠之助の顔を見た。

「南蛮料理の夢屋という見世は、伊皿子坂に面しているのか。それとも、分かりにくい脇道を入るのか」

通詞らしく、理屈っぽく問う。

「伊皿子坂に面しております。ちょうど中ほどですので、すぐ分かります」

「そうか」

森山多吉郎は一つうなずき、思案ありげな面持《おもも》ちになった。

ただし、それきり何もたずねはしなかった。

ほどなく、三人の弟子は師の家を辞した。

「醬油をあげん」

最後に、森山多吉郎は謎めいたことを口走った。

「醬油をあげん」

福沢諭吉がおうむ返しに答えた。

六

提灯をかざしながら、暗い夜道を歩いた。

「帰り際に、何と申されたのです？」

聡樹が福沢にたずねた。

「醬油をあげん、と聞こえましたが」

誠之助も言う。

「シー・ユー・アゲイン、でござるよ」

福沢諭吉が笑みを浮かべた。

「シー・ユー・アゲイン？」

「さよう。貴公とまた会おうではないか、という意で」

「なるほど。それが英語の別れ際の挨拶か」

誠之助は得心のいった顔つきになった。

しばらく話をしながら歩いているうち、屋台の提灯が見えてきた。

二八蕎麦《そば》だ。

「たぐっていきますか、福沢どの」

誠之助が水を向けた。

「冷えてきよったからな」

相手はすぐ乗ってきた。

蕎麦だけでなく、酒も出す屋台だった。三人は長床几《ながしょうぎ》に並んで座り、なおしばし語り合った。

「いかがでござったか、英語塾は」

福沢がたずねた。

「うーん、いくたびも通えば身にはなると思うのだが」

誠之助の答えはやや歯切れが悪かった。

「ただ、しばらく先生が忙しくて開かれぬようですし、無駄足も覚悟となるといかがなも

「それがしは、もう見切りをつけており申す」

福沢はあっさり言って、蕎麦をずずっと啜《すす》った。

「通詞としては立役者でも、より分厚い文法などの学殖を得るには、やっぱり字引で深《ふこ》う学ばなあかんと思うんですわ」

福沢諭吉はまた上方なまりになった。

「それは同感」

誠之助がうなずいた。

「横浜に通ってるあきんどから英蘭の字引をうまいこと買えれば、仲間と一緒に勉強しよと思てます。どうですか、そのときは」

福沢のほうから水を向けてきた。

「その字引は、一冊だけってことはないでしょうな」

勉強の誘いはひとまずおいて、誠之助はたずねた。

「むろん、何冊もありましょうな。うわさによれば、相場は五両くらいだとか」

福沢が答えた。

「五両か……」

誠之助はやや遠い目つきになった。

「夢屋のおかみさんに出してもらうとか」

と、聡樹。

「いや、それは言い出しかねる」

誠之助はあわてて言った。

「なかなかの大金ですからなあ。こちらも算段をせにゃ」

のちの世にお札になる男はそう言って、蕎麦のつゆを啜った。

「夢屋に五両の大金はないが、雛屋さんに立て替えてもらうことはできるだろう。あるいは月割りの賦払いで」

誠之助は見通しを示した。

「ああ、それは名案です」

聡樹は笑みを浮かべた。

そんな按配で、英蘭辞書に関わる段取りが決まった。

「ほな、それがしは鉄砲洲なので」

福沢諭吉は右手を挙げた。

「いろいろとありがたく存じました」

誠之助はていねいに礼をした。

「醬油をあげん」

「醬油をあげん」

例の挨拶をすると、提灯の灯りはそれぞれの向きに動きはじめた。

第三章　はくるべの謎

一

「辛子醬油が合わねえんじゃねえか？」

首をかしげてから、隠居の善兵衛《ぜんべえ》が言った。

夢屋のありがたい常連の一人だ。若いころは美男の駕籠《かご》かきとして鳴らし、錦絵にもなったというのが自慢だ。髷がだいぶ白くなったいまも、その往年の面影は残っている。

女房のおまさがよくできた女で、稼いだ銭を無駄に使わせず、長屋の元締めにおさまらせた。いまはそれをせがれの善造《ぜんぞう》に譲って楽隠居の身だ。

「たしかに、甘藍には苦みがあるからねえ」

のちの世にキャベツと呼ばれる野菜を育てている夏目与一郎が首をかしげた。

「何か甘《あめ》えものを塗って焼いたらうめえかもしれねえな」

善兵衛が言った。

「甘藍はいろんなものを試してるんですけどねえ」

おたねが厨を見た。

「そうそう。煮たりゆでたり焼いたり、丸蒸しにしたり、細かく刻んでいろんな料理にまぜたり」

おりきが指を折る。

このたび試してみたのは、細かく切った甘藍と粉をまぜて丸く形を整え、裏表をこんがりと焼いた料理だった。

前にも似たような「南蛮おやき」を試作したことがあるが、おたねがふと思いついて、辛子醬油を塗ったり、鰹節《かつおぶし》をふんだんにかけたりしてみた。

さりながら、帯に短し襷《たすき》に長しで、どうも評判はいま一つだ。

「まあ、そのうち、これはという役がつきますよ、甘藍にも」

持ち帰り場の太助が、なだめるように言った。

「あいにくといまだ大根役者なりいつか主役になりたきものを」

夏目与一郎が海目四目の顔で狂歌を放つ。

同じ野菜の大根を引き合いに出したところがくすぐりだが、いま一つ笑えない歌だ。

それもそのはず、海目四目の狂歌の眼目は、三日くらい経ってからくすりと思い出し笑いをするようなところにあるので、すぐ爆笑を誘うような狂歌は下品でいけないのだそうだ。そのあたりの妙なこだわりは、いかにも江戸っ子らしいともいえた。

「まあ、のちの楽しみということで、四目先生」

おたねが笑みを浮かべたとき、常連がいくたりか入ってきた。

「これ、また、しくじりね」

光沢のある柳色の道服をまとった男が包みを差し出した。

宗匠帽《そうしょうぼう》に鯰《なまず》みたいな口髭《くちひげ》、とても尋常ではないいでたちの男は、近くに窯《かま》を構える明珍《みょうちん》という陶工だった。父が清《しん》国から来た人で、その言葉を聞いて育ったせいで妙な息が入る。

「まあ、いつもありがたく存じます」

おたねがていねいに頭を下げて包みを受け取った。

明珍がつくるその名も伊皿子焼は、その上品な味わいが好まれている。陶工の目は厳しく、売り物にできない作物《さくぶつ》はこわして捨ててしまう。わずかな傷だけで捨てるのはもったいないから、夢屋ではなるたけ「しくじり」を引き取るようにしていた。

「お、まだ海老は残ってるかい？」

陶工の一人が持ち帰り場に声をかけた。

「あと二本ありますよ。揚げましょうか？」

太助が答えた。

「おう、頼む」

「おいらも」

たちまち二本決まった。

「かしらはいいんですかい？」

「わたし、あったまるのが、いいね」

明珍が言った。

「なら、牡蠣《かき》と大根の鍋で」

厨からおりきが言った。

「いいね」

陶工の顔がやんわりと崩れた。

南蛮風の変わった料理はおたねがいろいろと案を出すが、夢屋ではまっすぐな和の料理も出す。旬の牡蠣なら、牡蠣飯に鍋にもろみ漬け。そういった料理だったら、おりきが存分に腕を披露《ひろう》する。

鍋に昆布を敷き、牡蠣と大根を薄めのだし汁で煮るだけの簡明な料理だ。酒をたっぷり使うのが勘どころで、牡蠣のあくは下に敷いた昆布が寄せてくれるから、澄んだいい汁になる。

これを銘々が小皿に取り、一味唐辛子を振って食す。体の芯からほっこりとあたたまる鍋を肴《さかな》に、酒もすすむ。

「明日の窯も気張ろうっていう気になりますね、かしら」

「今日は今日、明日は明日ね」

明珍は答えた。

伊皿子焼の窯元も、去年のコロリでは悲しい思いをした。一番弟子の明光《みようこう》が亡くなってしまったのだ。

陶工衆ばかりではない。木曽特産のお六櫛《ろくぐし》をつくる於六屋《おろくや》の職人たちも次々に病に倒れてしまった。

だが、そういう悲しみを乗り越え、残った者たちがまた立ち上がった。於六屋も生き残った少数の者だけでまたあきないを始めている。

江戸は負けず。

災い続きの安政の世に生きる人々は、気を奮い立たせ、ときには無理に笑いながら、つらい時を乗り切ろうとしていた。

甘藷を最後に、持ち帰り場の串がなくなった。裏手で春吉を遊ばせていたおよしが戻る。そろそろ長屋へ引き上げる頃合いだ。

「なら、ごちそうさん」

「明日の仕込みをして終いだな」

「ちょいと呑んだほうがいい焼き物になるんだ」

「呑みすぎるとしくじるがな」

座敷の陶工衆が腰を上げ、にぎやかにさえずりながら出ていった。

二

それと入れ替わるように、誠之助と聡樹が入ってきた。

「へろ」

「は?」

おたねがびっくりしたような顔になった。

「英語では、そう挨拶するのだ。へろ」

誠之助が笑みを浮かべた。

「英語塾へ行ってから、こんな調子かい？」

牡蠣のもろみ漬けを肴に呑みながら、夏目与一郎が言う。

「ええ。できれば字引がほしいと言ってるんですけど」

おたねがややあいまいな顔つきになった。

「字引って英蘭かい？」

物知りの元与力が問う。

「横浜で手に入るそうなんですけど……」

「高《たけ》えのかい」

善兵衛が単刀直入に問う。

「ええ、五両は下るまいと」

「そりゃ、値が張るな」

隠居は苦笑いを浮かべた。

「今度、雛屋さんが見えたら、立て替えていただけるかどうか訊《き》いてみるつもりです」

誠之助が言う。

「雛屋さんは舶来物を手広く扱ってるからね」

と、夏目与一郎。

「ただ、字引はあきないの外じゃねえか？」

善兵衛が首をひねった。

「まあそのあたりは熱意次第で」

誠之助はそう言ってうなずいた。

ほどなく持ち帰り場の太助とおよしは掃除を終え、春吉を連れて帰っていった。

「どれ、海でもながめて帰るか」

隠居の善兵衛も腰を上げた。

それと入れ替わるように、一人の男が夢屋ののれんをくぐってきた。

「あっ、お父さん」

おたねが声をあげた。

入ってきたのは、おたねの父の志田玄斎だった。

「なるほど。字引ってのは金に糸目をつけないほうがいいね」

玄斎が湯呑みを口に運んだ。

酒ではなく茶だ。

患者には「ほどほどなら」と言っているが、おのれはめったに口にすることはない。

「そんな、お父さん、たきつけるようなことを言わないでくださいよ」

おたねが言う。

「いやしかし、安物買いの銭失いとは、まさに字引に当てはまるんじゃないかな」

玄斎はそう言って、鯔《ぼら》の酢味噌和《あ》えを口に運んだ。

そろそろ旬も終わる時分の寒鯔だが、工夫次第ではまだまだおいしくいただける。鯔のへその塩焼きも珍味だ。

「甲に載っていて、乙に載っていない言葉があるとします。安い乙しか字引を持っていなければ、その言葉が一生分からないかもしれません」

誠之助の言葉に、弟子の聡樹がうなずいた。

「言葉一つと言っても、それを知っているかどうかが峠の分かれ目になることもあるからねえ」

海目四目が言う。

「と言っても、五両の持ち合わせはとてもうちにはないけれど」

おたねはいくらか渋い表情になった。

「その五両の字引が、何倍もの益になって返ってくるかもしれないんだから」

誠之助がすかさず言う。

「益にしないといけませんね」

もう字引が手に入ったかのように、聡樹が言った。

「確実に手に入るという当てはないんだが、もし手配がついたら、雛屋さんに立て替えをお願いするつもりだ」

誠之助は望みを語った。

「なら、仕方がないわねえ」

おたねはわずかに首をかしげて折れた。

誠之助の顔に安堵《あんど》の色が浮かぶ。

「わたしだって、もし一両くらいでいい英蘭の字引があるのならほしいくらいだよ」

玄斎が笑みを浮かべた。

「人は一生、学びですな」

夏目与一郎が珍しくまじめな顔つきで言った。

「そうそう。いくつになっても学ぶことはあります」

白髯《はくぜん》の医者がうなずいた。

その後は、森山多吉郎と世の動きの話になった。

安政六年も正月からあわただしかった。

十二日には英国の軍艦インフレクシブル号が品川《しながわ》に入港した。船長のブルーゲルは老中太田資始《おおたすけもと》に対し、条約交換のために日本使節の英国派遣を要請したが、幕府は応じられないと拒否した。十九日、軍艦は品川を出航した。

それからまもない二十五日、今度は米国の軍艦ミシシッピー号が下田に入港した。三日後、米国の最高責任者ハリスを乗せた船は神奈川に入港した。その後、外国奉行の永井尚志《ながいなおゆき》らがミシシッピー号を訪れ、ハリスとともにさまざまな協議を行っているらしい。

その眼目になるのは、開港の場所だった。

前年の日米通商修好条約では神奈川を開港地とすることに決まっていたが、のちに異論が出た。

神奈川（現在の京浜急行《けいひんきゅうこう》の神奈川駅付近）は東海道《とうかいどう》に近い。そうすると外国人と民との間が近すぎて、何かと悶着が起きかねない。いま少し街道筋から離れた場所に港を開くべきだ。

そう提言したのは、誠之助の師の佐久間象山だった。

安政五年の十二月、山寺常山《やまでらじょうざん》が送った「外交質問十七条」に、象山は長文の書を返し、神奈川開港に憂慮の念を示した。

蟄居の身だが、象山の知恵は幕閣をも動かした。

そこで、新たに横浜を開港地とするべく、根回しが始まった。

列国は批准された条約に明記されていた神奈川を開港するように迫っているが、幕府は強引に横浜開港を進めている。いまはそんな按配だった。

「通詞さんは大忙しだね」

夏目与一郎が言った。

「ええ。森山先生もだいぶお疲れのご様子でした」

誠之助が伝える。

「無理もないな。おのれの通詞の間違いで、下手《へた》をすると一国のさだめを誤ることになりかねないんだからね」

玄斎が言った。

「そんなお忙しいなかで、英語塾を開かれてるんですね」

おたねが感心したように言った。

「ええ、ありがたいことです」

聡樹が頭を下げる。

「ただし、この先はご自宅にお邪魔しても授業を受けられるかどうか分からないから。そもそも、大事なお体にご負担をかけてしまう」

誠之助はあいまいな顔つきになった。

「それなら、字引で勉強するのがいちばんかもしれないね。二人で話をしながら励めばいい。体がもう一つあれば、わたしだって加わりたいくらいだよ」

評判の名医として多忙な日々を送っている玄斎が言った。

妻の津女も腕の立つ医者だから、こうしてたまには骨を休めることもできるが、患者が絶えることはない。善造の長屋の一つを借りて、重い病の患者の療治に当てているのだが、そちらのほうもなかなか空きが出ないほどだった。

「それはそうと、横浜に出見世を出すように、お上はずいぶんと触れを出したり声をかけたりしているみたいだね」

夏目与一郎が言った。

「太助の話によると、雛屋さんも思案してるようですよ」

厨からおりきが言った。

「唐物や南蛮物から、絵の売り買いまで手広くやってるからね。いいんじゃないかな」

と、玄斎。

「雛屋さんが横浜に出見世を出したら、立て替えではなく、いっそのこと、そこから字引を買ってもいいかもしれない」

誠之助が言った。

その後もしばらくは横浜開港の話題が続いた。

今年は、長崎、箱館《はこだて》、神奈川（横浜）の三港が開港される。神奈川宿の対岸で何もない漁村だった横浜は、おかげでにわかに活気づいていた。

開港は五月だ。すでに昨年の暮れから、幕府は横浜開港を推進することを決め、出見世を出す希望者を募っていた。

今年の一月六日には、江戸の町奉行が横浜の開港準備について再び触れを出した。さらに、同十三日には、開港する三港について、出稼ぎと移住と自由な売り買いを許可するという布告が幕府からなされた。

開港に向けて、牛や馬に鞭をくれるような施策だ。

「横浜でひと旗揚げようっていう人もだいぶ出てきたんじゃないかねえ」

夏目与一郎が言った。

「四目先生もいかがです？　甘藍の料理とかで」

おたねが水を向けた。

「ああ、そりゃいいですね」

おりきがすぐ乗ってきた。

「いやあ、まだ看板料理がないからね、甘藍には」

夏目与一郎が手を振った。

「歌舞伎の十八番《おはこ》みたいな料理がほしいところだね」

医者が笑みを浮かべる。

「そのうち、気張ってつくりますから」

おたねが二の腕をたたいた。

「誠之助が英語を会得して、いい按配の南蛮料理ができたら、それこそ横浜にもう一軒夢屋を出してもいいんじゃないかな」

玄斎が乗り気で言った。

「だいぶ先の話ですね」

と、誠之助。

「善は急げって言いますよ」

おりきがたきつけるようなことを言う。

「と言っても、いまの甘藍の蒸し焼きあたりじゃ、横浜であきないはできないねえ」

夏目与一郎が首をひねったとき、表に駕籠が止まった。

「へい、夢屋でございます」

「お疲れでございました」

響いてくる声で分かる。

先棒が江助《えすけ》、後棒が戸助《とすけ》、併せて「江戸」になるというここいらでは有名な兄弟だ。

「お客さんみたいですね」

聡樹が言った。

「だれだろう」

誠之助がのれんのほうを見た。

ややあって、その目が驚きに見開かれた。

「せ、先生……」

誠之助はびっくりした顔で言った。

夢屋ののれんをくぐってきたのは、通詞の森山多吉郎だった。

四

「お呑みものはどうされますか？」

だいぶ緊張の面持ちで、おたねはたずねた。

無理もない。

いま話に出ていた、米国のいちばん偉い人の通詞をつとめている人物が、だしぬけに夢屋に姿を現したのだから。

「南蛮わたりの赤葡萄酒《あかぶどうしゅ》もございますが」

いくぶん声をひそめて、誠之助が言った。

蟄居をさせられる前の佐久間象山のもとへは、全国から砲術などの指南の求めが殺到していた。その手土産の珍しい酒のお流れは、弟子の誠之助のもとにもあった。

「では……軽めに一杯」

少し思案してから、森山多吉郎は所望した。

「しばしお待ちください」

誠之助はそう答えると、おたねに目配せをした。

おたねはすぐさま察して、のれんをしまいに行った。

「今日はちょっと早めだけど、お終いにするね」

看板娘になったおゆめに小声で告げ、明るい萌黄色ののれんをしまう。

森山、誠之助、聡樹の三人がまず座敷に座った。ここなら外からは見えない。

町方の隠密廻《おんみつまわ》りの野不二均蔵《のふじきんぞう》同心は大の南蛮嫌いで、たまに南蛮風の料理を出す夢屋に目を光らせている。これまでも野不二同心の横槍が入って出せなくなった料理があった。

もし赤葡萄酒をたしなんでいるところを見とがめられでもしたら、たとえ森山が大通詞だったとしても、なにかとやっかいなことになりかねない。気をつけるに若《し》くはなかった。

「何をお出しすればいい？」

おりきがおたねに小声でたずねた。

「なら、じゃがたら芋で。それから、鶏《とり》のもも肉揚げを。ひとまずそれで」

おたねは答えた。

「承知」

おりきはふっと息を吐いてから手を動かしだした。

「わざわざたずねてきてくださったんですか、森山先生」

誠之助がたずねた。

「南蛮料理の見世に相談があってな」

森山多吉郎がそう言ったから、夢屋に緊張が走った。

おたねと誠之助の目と目が合う。

「もしや……」

一枚板の席の夏目与一郎が口を開いた。

思わぬ成り行きに、さしもの元与力も医者の玄斎も身を固くしていた。

「あ、いや、申し遅れました。わたくし、元町方の与力で、いまは隠居して狂歌師の海目四目と名乗る、夏目与一郎と申す者でございます。平たく言えば、夢屋のただの常連で」

その狂歌と同じく、面白いのかどうか分からない挨拶をする。

森山は軽く会釈をしただけだった。

「本道の医者の志田玄斎です」

続いて玄斎が挨拶すると、明らかに森山の表情が変わった。

「本道の医者ですか」

と、にわかに身を乗り出す。

「さようです。ここから遠からぬところに診療所を開いております」

玄斎が答えた。

「玄斎先生は、和漢洋に通じた名医ですから」

誠之助が言う。

「奥様も医者なんです」

聡樹も和した。

「わたしは、ここのおかみの父でして」

玄斎の言葉に、森山は一つうなずいた。

ほどなく、まず呑みものが供せられた。

ぎやまんの杯に注がれた赤葡萄酒に口をつけると、森山はいくらか口に含んでから喉に流した。手慣れたしぐさだ。

「いかがでしょう」

誠之助が案じ顔で問う。

「いや、美味でござるよ」

森山は表情を変えずに答え、いったん杯を盆の上に置いた。

「お待たせいたしました」

おたねが料理を運んできた。

「ほほう」

森山が皿を見る。

「薄切りのじゃがたら芋の塩焼きでございます。いま鶏のもも肉を揚げておりますので」

いつもより硬い表情でおたねは告げた。

森山は肴をつまみ、口中に投じた。

「失礼」

誠之助も続く。

森山はいくらか首をかしげた。

「いかがでしょう、先生」

また誠之助がたずねた。

「これも揚げたほうがより美味だろうな」

通詞は忌憚《きたん》なく言うと、一枚板の席のほうを見た。

「それで、玄斎先生にも聞いていていただきたいのですが。頼みごとをさせていただくことになるやもしれませんので」

森山は言った。

「さようですか。では、そちらに移りましょう」

玄斎はさっそく箸をつかんだ。

「わたしだけになってしまいますな」

と、海目四目。

「よろしければ、こちらへ。いくらか狭いですが、なるたけお知恵を拝借したいもので」

優雅な身ぶりをまじえて、森山が言った。

国を代表する通詞として、さまざまな交渉事に当たっている立役者が夢屋に知恵を拝借したいと言う。

いよいよ、容易ならぬことになってきた。

おたねと誠之助はまた目と目を見合わせた。

「では、枯れ木も山の賑《にぎ》わいということで、やつがれも」

夏目与一郎が最後に座敷に加わり、三人から五人になった。

五

鶏のもも肉の揚げ物は、なかなかに好評だった。

「片栗粉をはたいてみたのですが、いかがでしょう」

おたねがたずねた。

「美味でござるな。ただし、衣はいま少し厚くても良かろうと思う」

森山の答えを聞いて、厨のおりきが胸をなで下ろすしぐさをした。

「で、南蛮料理の夢屋をたずねてこられたのは、ことによると、敵将のハリスなどに供する料理の依頼でしょうか」

夏目与一郎が、待ちきれないとばかりに問うた。

「ハリス？」

通詞は驚いたようにその名を復唱した。

「違うのですか？」

同じことを考えていた誠之助がいくらか身を乗り出した。

「いや、軍艦には向こうの料理人も乗りこんでいるので。あまりうまいものではないし、さまざまな料理に通じているわけでもないけれども」

森山はそこでまた少し赤葡萄酒を呑み、さらに続けた。

「実は、今日は軍艦の料理人も知らない米国の田舎料理を試作できぬものかと思い、こちらを訪ねてまいったのでござるが……」

通詞はそこで口調をやわらげた。

「それについては、筋道を立てて話さねばなりません。ちょうどお医者さんもおられるので、渡りに船と申すのは語弊がありますが、ようやく光明が見えたような心地がしてきました」

通詞は愁眉を開いたような顔つきになったが、さて何がようやく見えた光明なのか、夢屋の面々にはまったく察しがつかなかった。

「米国の田舎料理をでございますか？」

おたねの顔に戸惑いの色が浮かんだ。

「軍艦の料理人も知らない料理なのでしたら……」

「あ、いや、それは次善の策のごときもの。まずは病人を診ていただくのが先決なので」

森山は玄斎を見た。

「すると、軍艦で重病人が出たわけでしょうか」

玄斎が問うた。

「そうです。順を追って話しましょう」

森山多吉郎は杯を置いて座り直した。

病に倒れたのは、ミシシッピー号に乗りこんでいた下士官のトマス・ホジスンという若者だった。

と言うと、昨年の恐ろしいコロリが嫌でも思い浮かぶ。多くの人命を失わせたコロリは、ミシシッピー号のたった一人の乗組員から始まったのだった。

しかし、ホジスンが罹《かか》ったのは人に伝わる病ではなかった。ただし、かなりの重篤で、もはや床に就いたまま身を起こすこともかなわぬという病勢らしい。

「近々、ミシシッピー号は米国へ戻ります。さりながら、病人には長旅は禁物です。船に揺られていたら、とても帰国までは保《も》ちますまい」

森山は落ち着いた表情で告げた。

「軍艦にも医者は乗りこんでいると思うのですが」

玄斎が言う。

「もちろん、医者はおります。しかしながら、もはや打つ手なしで、見放すような病勢でしてな」

森山はここで少し顔をしかめた。

「それはお気の毒に。さぞやお国に帰りたいでしょうに」

おたねが同情して言う。

「帰してやりたいのはやまやまなのですが、長旅に耐えられそうにない者まで連れて行くわけにはいきません。船乗りは存外に験《げん》を担ぐもので、船旅の最中に死人が出ることをひどく忌み嫌います。そんなわけで、トマス君には非情にも下船の命《めい》が下りそうなのですよ」

「そんな薄情な」

おたねがきっとした顔つきになった。

「なるほど、読めてきましたな」

夏目与一郎が腕組みをした。

「わたしに往診に行けということでしょうか」

玄斎が驚いたように問うた。

「いえ」

森山はすぐさま右手を挙げた。

「往診に来ていただき、安静にせよというご指示をいただいても、軍艦は日を置かずに出航せねばなりませんから」

「では、往診ではないとすると……」

おたねは誠之助の顔を見た。

「患者さんをこちらへ運ぶということでしょうか、先生」

誠之助は森山に問うた。

森山は鶏のもも肉の揚げ物を一つ口中に投じ、ゆっくりと胃の腑に落としてから答えた。

「できることなら、日本の名医にも見ていただきたい。打つ手は打ってやりたいと思いますしてな。なにぶん、片言の日本語も学んで覚えた聡明な若者なので」

通詞の言葉に、おたねは気の毒そうにうなずいた。

「わたしの診療所が入っている長屋は、大家さんの好意で、長患いの患者さんが逗留《とうりゅう》できるようになっています。明日にでも一人、本復《ほんぷく》して出られることになっているのですが」

玄斎が伝えた。

「その代わりに入ることはできましょうか」

森山が身を乗り出す。

「異人ゆえまかりならぬ、と拒むのは人の道に外れましょう。老若男女《ろうにゃくなんにょ》、人種の如何《いかん》を問わず、病を治すべく全力を尽くすのが医者たる者のつとめですから」

その言葉を聞いて、おたねは小さくうなずいた。

父を誇りに思った。おそらく、母も同じ考えだろう。

「ありがたい」

森山は軽く両手を合わせた。

「では、まだ動かせるうちに、玄斎先生の診療所へ運びましょう」

「三田台裏町の志田玄斎の診療所といえば分かるはずです」

「承知しました。で、もう一つ願いごとがありまして……」

森山は夢屋を見まわしてから続けた。

「何でございましょう」

誠之助がたずねた。

「夢屋が南蛮料理を出す見世だと聞いて、知恵をお借りしたいと思い立ったわけですが」

森山は少しあいまいな顔つきになっていた。

「南蛮料理を表立った看板にしたりすると、南蛮嫌いの役人がねじこんできたりするんですよ」

夏目与一郎がそれと察して言った。

「ああ、なるほど」

森山がうなずく。

「そんなわけで、常連さんに舌だめしをしていただいて、たまにお出しする裏料理とでも言うべきものをつくってるんです」

おたねが告げた。

「たとえば、わたしが育てている甘藍の丸蒸しなどですが」

夏目与一郎が少し自慢げに言った。

「甘藍というと、キャベージでしょうか」

森山は聞いたことのない面妖な抑揚で「キャベージ」を発音した。

「そうです、キャベージ」

こちらは普通の声音だ。

「大きな鍋で丸蒸しした甘藍に、味噌をつけて食べるんです。甘辛どちらでも、存外にいけます」

誠之助が言った。

「ほほう。それは初耳ですな」

森山は薄い唇に手をやった。

「ほかにも、南蛮風のおやきに入れたり、焼きうどんや鍋の具にしたり、いろいろと料理人さんに工夫してもらってます」

元与力の狂歌師は厨のほうを見た。

おりきは硬い顔つきでわずかに頭を下げた。異人と渡り合っている通詞も、女料理人にとってみれば異人みたいなものだ。

「なるほど、で、願いごとの件ですが……」

森山はまた赤葡萄酒で唇を湿らせてから続けた。

「病の床に就いたトマス君は、ずいぶんと気の弱いことを言っておりましてな。どうもこの病は治りそうにない。それもわが運命ゆえ受け入れるしかないが、願わくは……でき得べくんば、故郷の母親がつくってくれた懐かしい料理を、せめてひと口味わってから天国へ行きたいと涙ながらに言うのです」

「それはどういう料理でしょう」

誠之助が身を乗り出した。

「トマス君と面会して話ができたのはほんのわずかな時でな。しかも、容易ならざる病人だ。ごく限られた言葉しかとらえることができなかった」

にわか弟子の誠之助に向かって、森山多吉郎は言った。

「象山先生が何でも載っている百科事典をお持ちです。挽肉などをキャベージで巻き、ブイヨンで煮た巻きキャベージのつくり方なども載っておりました」

ショメールの百科事典を念頭に置いて、誠之助は言った。

「ロール・キャベージだな」

通詞はまた面妖な発音をした。

「ご存じでしたか」

と、誠之助。

「そういう料理なら、打つ手もあるのだろうが」

森山はそう言って腕組みをした。

「では、えたいの知れない料理というわけですか」

玄斎が問うた。

「いかにも」

森山がうなずく。

「その料理の名は？」

医者の問いに、通詞は少し気を持たせてから答えた。

「はくるべ」

六

「はくるべ、ですか？」

おたねが瞬きをした。

「はこべなら分かるけどねえ」

やっとほぐれてきたおりきが笑う。

「それが母の味なのですか」

玄斎が問うた。

「そうらしいのです。トマス君の田舎のアイダホは、米国の山のほうでしてな。小さい頃から神童と呼ばれ、仕官してわが国にやってくるまでになったのです。それが重病に罹り、帰国も叶わぬ身になろうとは」

森山は気の毒そうに言った。

「春秋《しゅんじゅう》に富む、有為《ゆうい》の若者なのですな」

夏目与一郎が言う。

「そのとおりです」

森山はうなずいた。

「手がかりは、はくるべだけなのでしょうか」

今度は聡樹がたずねた。

「はくるべなるものを何かにのせて食したようなのだが、なにぶん雲をつかむような話で」

と、通詞。

「つくり方さえ分かれば、いくらでもつくってさしあげるんだけど、故郷《くに》のお母さんの代わりに」

おたねが情のこもった声で言った。

「とにもかくにも、療治が先決だな」

玄斎がおたねを見た。

「そうね。落ち着いたら、また詳しく訊けばいいんだし」

おたねが言った。

「近々、書物などを届けに松代の象山先生のもとをたずねます。それまでにいま少し何か分かれば、象山先生のお知恵を借りられるのではなかろうかと」

誠之助のまなざしに力がこもった。

「象山先生は万能の天才ですから」

聡樹が笑みを浮かべた。

「横浜開港も提言されたお方だからな」

夏目与一郎がうなずく。

「では、何はともあれ、軍艦から玄斎先生の診療所へトマス君を運ばなければ」

森山は袴《はかま》のひざをぽんと手でたたいた。

「診療所は妻とともに休みなくやっておりますので」

玄斎が言う。

「承知しました。では、明日から段取りを整えますので、しばしお待ちを」

通詞はそう言って腰を上げた。

第四章　玉子粥《がゆ》

一

翌日の夢屋の中食《ちゅうじき》は、寒鰈《かんがれい》の二種膳だった。

流し銛《もり》で突いて獲った旬の鰈を、刺身と煮付けの二種盛りにした豪勢な膳だ。大ぶりな鰈は刺身、小ぶりなものは煮物に向く。いずれも江戸前の海の恵みだ。

膳にはほかに、飯と香の物、豆腐汁と根菜の煮物の小鉢がつく。好みで青菜の浸しや煮豆などもつけられる。

胃の腑がいっぱいになり、身の養いにもなる夢屋の中食の膳は、三十食に限った。待ちかねたように客が詰めかけ、見世はたちまちにぎやかになった。

「間に合って良かったぜ」

「売り切れてたら、串揚げで我慢しなきゃならねえとこだった」

「そっちもうめえんだけどよ」

なじみの左官衆が口々に言う。

「まだ入るんだったら、いくらでも揚げますよ」

持ち帰り場から、太助が声をかけた。

「おう、海老一本くらいなら入るかな」

「食うなあ、おめえ」

そんな調子で、昼の夢屋はにぎやかだった。

「はい、お待たせしました」

おたねが座敷へ膳を運んでいった。

「おお、来た来た」

「うまそうだな」

受け取ったのは、木曽名産のお六櫛をつくる於六屋の職人衆だった。

「だんだんに人も増えてきましたね」

おたねが言った。

昨年のコロリでいくたりも亡くなり、一時は見世じまいもやむなしという谷底に落とされた櫛づくりの職人衆だが、残った者が歯を食いしばって立ち上がり、見習いの若者を入れて立て直してきた。いちばんつらいところをこらえてここまで来れば、あとはもう上る一方だ。

「なんとかやってるぜ」

かしらが言った。

「ちょっと前までは、おいらだけこんなうめえもんを食って、あの世へ行ったやつらに悪いなと思ったもんだが、そういう気はなくなったな」

ほまれの指をした職人が言う。

「そうそう。あいつらの分まで、精をつけて気張らにゃと思ってよう」

かしらはそう言って、脂がのった寒鰈の刺身を口に運んだ。

「たくさん召し上がってくださいまし。お茶をご所望でしたら、すぐお運びしますので」

おたねの右のほおにえくぼが浮かんだ。

「おう、ありがとよ」

かしらが軽く右手を挙げた。

おゆめを亡くしているおたねには、於六屋の職人衆の心持ちが痛いほど分かった。

わたしだけ、こんなおいしいものを食べて……。

おたねも折にふれてそう思ったものだ。

いくぶんしみじみとした気分で厨のほうへ戻ろうとしたとき、持ち帰り場から声が響いた。

「あっ、立派な駕籠が……」

そう指さしたのは、背に春吉を負うたおよしだった。

「大名駕籠みてえだな」

海老を揚げていた太助が目を瞠《みは》る。

「えっ、お大名の行列かい?」

厨で手を動かしていたおりきが、驚いたように顔を上げた。

「行列じゃねえよ。街道筋ならともかく、伊皿子坂を上るはずがないじゃないか、おっかさん」

太助が言った。

「そりゃそうだねえ」

「あっ、止まった」

およしがまた声をあげた。

惣網代《そうあじろ》の立派な駕籠のうしろに、もう一挺、長い簾《すだれ》の駕籠が付き従っていた。こちらも羽振りのいい医者が乗るような駕籠だ。

どうやらそこから声が飛んだらしい。伊皿子坂の途中、夢屋から少し上ったところで前の駕籠が止まった。

ほどなく、うしろの駕籠から人が下りてきた。

その人影は、まっすぐ夢屋ののれんを目指してきた。

姿を現したのは、通詞の森山多吉郎だった。

二

「まあ、先生、あの駕籠は？」

あわてて出迎えたおたねがたずねた。

「トマス君が乗っている。これからご尊父の診療所へ運ぶところで」

森山は早口で答えた。

「ご容態はいかがでしょう」

「分からぬな」

通詞は渋い顔をして続けた。

「いずれにせよ、玄斎先生に診ていただいて、粥《かゆ》などを胃の腑に入れられるようなら、こちらから運んでいただきたい」

「承知しました」

おたねはすぐさま請け合った。

「太助、つなぎに行きな」

おりきが言った。

「えっ、おいらが？」

太助が驚いたようにおのれの胸を指さした。

「持ち帰り場はわたしとおたねさんも手伝うよ。何もあんたに異人さんとしゃべれって言ってるわけじゃないんだから」

おりきがさらに言う。

「早く、おまえさん」

およしも急《せ》かせた。

「分かったよ」

太助は揚げ物の菜箸を置いた。

「では、参ろう」

森山はもう動きだした。

「はい」

太助が続く。

「やってくれ」

通詞は前の駕籠に声を発した。

「へい」

「承知」

トマス・ホジスンを乗せた駕籠は、また伊皿子坂を上りはじめた。

夢屋と棟続きの寺子屋から、表の気配を察して誠之助が出てきた。

いまはわらべたちに教えていたところだ。聡樹の姿はなかった。

「あっ、誠之助さん、森山様が」

ちょうど出くわした太助が駕籠を指さした。

「玄斎先生のところか？」

誠之助が問う。

「ええ。前の駕籠に異人さんが」

太助は答えた。

駕籠を見送りに、おたねも出てきた。

「太助さんにつなぎを頼むの。お粥をつくることになるかもしれないから」

おたねは誠之助に告げた。

「そうか。おれは手が放せないから、頼むぞ、太助」

誠之助は太助に言った。

「承知で」

いつもよりやや硬い表情で答えると、太助は駕籠を追ってまた坂を上りはじめた。

三

「長屋に運びましょう」

玄斎はすぐさま言った。

「お願いします。なんとか保《も》ってくれたのですが、容易ならぬ病勢のようで」

通詞の顔には憂色が濃かった。

「津女、悪いがこちらの療治も頼む」

玄斎は隣の部屋に声をかけた。

「はい、承知」

歯切れのいい声が返ってきた。

「玄気《げんき》、一緒に来てくれ」

玄斎は弟子に言った。

「はい」

患者の対応に当たっていた若者が右手を挙げた。

その名のとおり、いつも元気な若者だ。一時は小石川の養生所にという話もあったのだが、引き続き玄斎と津女の診療所で助手をつとめている。

「すみませんね」

森山が言った。

「なんの」

短く答えると、医者は腰を上げた。

駕籠屋は駕籠を運んできただけで、おびえて手を出そうとしなかった。

無理もない。紅毛碧眼《こうもうへきがん》の異人は、彼らにとってみれば化け物と大差がなかった。

太助も足がすくんでいた。

駕籠から二人がかりで運び出された異人の髪は、木の幹のような色をしていた。

「しっかり持て」

足のほうを抱えた玄斎が言った。

「はい、持ちました」

玄気が答える。

その様子を、森山が気遣わしげに見守っていた。

「では、いくぞ」

「はい」

ぐったりしている青年を持ち上げ、二人で長屋に運ぶ。

「一《ひ》の二《ふ》の……」

「三《み》っ」

息を合わせて青年の体を宙に浮かせると、薬草の香りがそこはかとなく漂う長屋の療治部屋へ、玄斎と玄気は慎重に運んでいった。

すでに床はのべられていた。枕も掛け布団もある。

「よし、ゆっくりと下ろせ」

「はい」

壊れ物を扱うように、患者を床に下ろす。

碧《あお》い目をうつろに開いた痩《や》せ細った異人の若者は、本当に壊れやすい細工物のように見えた。

トマス・ホジスンは床にあお向けになった。

瞬《まばた》きをする。

顔に血の気はないが、まだたしかに息はあった。

「鮎《あゆ》、桶《おけ》？」

気遣わしげに見守っていた通詞が声をかけた。

英語の心得のない玄斎の耳にはそう聞こえた。

「……橇《そり》」

ややあって、弱々しい返事があった。

「ともかく、診察いたしましょう」

玄斎が言った。

「お願いいたします」

森山が一礼する。

「御免」

トマスの枕元に座ると、玄斎はまず額に手を当てて熱を診た。続いて胸をはだけ、心の臓の音を聴く。さらに、脈を診て、おのれが口を開けて同じしぐさをするようにとうながした。

トマスはそのとおりにした。体の具合は見るからに芳《かんば》しくないが、頭はちゃんと回っているようだ。

「いかがでしょう、先生。熱はありましょうか」

森山がたずねた。

「いいえ、むしろ低すぎます」

「低すぎる、と」

「ええ。脈も心の臓もいたって弱々しくなっています。そのあたりは、異人とて身のつくりにそう大きな違いはないはずですから」

玄斎は言った。

「では、どのような病でしょうか。軍医はしかと病名を定めることができなかったのですが」

森山がいくらか身を乗り出した。

「うーむ……」

玄斎は腕組みをした。

「はやり病ではなさそうですね、先生」

玄気が言う。

「ああ、コロリやたちの悪い風邪などではなさそうだ」

玄斎はうなずいた。

「では、身の内に何か悪《あ》しきものでも？」

通詞がさらにたずねる。

「おそらくはそうでしょう。とにもかくにも、身をあたためて養いになるものを食していただかねばなりません。それとともに、煎じ薬を呑み、安静につとめて様子を見るしかありませんね」

玄斎は慎重に言葉を選びながら言った。

「とすると、やはり粥などがよろしいでしょうか」

と、森山。

「そうですね。玉子粥や甘藷粥がよろしいでしょう。さっそく娘のところでつくらせましょう。……おーい、太助」

玄斎は長屋の外にいる太助に声をかけた。

「は、はい……」

ほどなく太助が顔を覗《のぞ》かせたが、その腰はだいぶ引けていた。

かつて異人と見まがう容貌の佐久間象山の顔を見て、しばらく折にふれて悪夢にうなされたことがある。異貌を見るのは得手ではない。

ただし、象山の炯々《けいけい》たるまなざしとはまるで違った。青年の碧い目は、いままで見たことがないほど儚《はかな》く悲しげだった。

「粥を倹飩箱《けんどんばこ》で運ぶように、おたねに言ってくれ」

玄斎は告げた。

「しょ、承知で」

「待たれよ」

そそくさと異人の前から立ち去ろうとした太助を、森山が呼び止めた。

「は、何か？」

太助が足を止めて訊いた。

「粥はわたしの分もつくってくれるか。小腹が空《す》いたのでな」

通詞は笑みを浮かべた。

「分かりました」

太助の表情がやっといくらかやわらいだ。

四

「玉子なら二人分あるよ」

おりきが厨から言った。

「じゃあ、玉子粥にしましょう。甘藷だと時がかかるから」

おたねが決める。

「承知」

女料理人はただちに手を動かしだした。

白金村の杉造が毎朝産みたての玉子を届けてくれる。貴重な玉子をわりかた安値で供することができるのは、そういった仕入れあってこそだった。

「病人に粥を届けるのかい」

なじみの客が問うた。

「ええ。父の患者さんで」

おたねが答えた。異人であることはあえて伝えなかった。

「塩気はきつくしたほうがいいかねえ」

おりきが問うた。

「そうねえ」

おたねが首をひねる。

「先生と患者さんで分けたほうがいいんじゃないかな」

持ち帰り場に戻った太助が言った。

「なるほど、森山先生はばたばた動かれてるから、塩気があったほうがいいかも」

と、おたね。

「おまえもたまにはいいこと言うじゃないか」

「たまには、は余計だよ、おっかさん」

太助は苦笑いを浮かべた。

「黒胡麻《くろごま》は身の養いになるから、どちらにも入れましょう」

「あいよ」

そんな按配で、玉子粥がそろそろできあがる頃合いに、坂井聡樹が入ってきた。

「まあ、聡樹さん、いま、お父さんの診療所に異人さんが来てるんです」

「えっ、もう運ばれてきたんですか」

誠之助の弟子の顔に驚きの色が浮かんだ。

「いま玉子粥をつくってるとこで」

おりきが言う。

「おいらは見ただけだけど、かわいそうに、だいぶ弱ってる様子でねえ」

太助が気の毒そうに告げた。

「そうですか。療治が効けばいいのだけれど」

聡樹が言ったとき、外でわらべたちの声が響いた。

どうやら寺子屋が終わったらしい。

「先生、さようなら」

「ああ、さようなら。またあした」

「またあした」

元気のいいやり取りが終わるや、誠之助が入ってきた。

「そろそろ玉子粥ができる頃合いで」

鍋の具合を見ながら、おりきが言った。

「できたら倹飩箱で運ぶことになってるの、おまえさま」

おたねが伝える。

「なら、おれが持とう」

誠之助の顔が引き締まった。

「わたしも行きます」

聡樹が手を挙げた。

「じゃあ、太助さんは残って」

おたねは持ち帰り場に声をかけた。

ちょうど植木の職人衆が串揚げを買いに来ていた。

「承知で」

海老と甘藷の串揚げに甘辛のたれを塗りながら、太助は短く答えた。

「はい、できたよ」

おりきが笑みを浮かべた。

かくして、支度が整った。

五

「お待たせいたしました」

おたねはそう言うと、倹飩箱から蓋付きの椀を取り出した。

「こちらが先生のでございます」

大小二つに分けたから、すぐ分かる。

「かたじけない」

森山が大きいほうを受け取った。

「こちらで召し上がってください」

と、匙を渡す。

トマス・ホジスンは眠っていた。掛け布団がかすかに動いているから、息をしていることが分かる。

「どういたしましょう、起こしましょうか」

誠之助がおずおずとたずねた。

「粥が冷めるからな」

森山はそう答えると、さっそく玉子粥の蓋を取り、匙を動かしだした。

「……おう、これはうまい」

通詞の表情がやわらいだ。

「いつもこのようなものを？」

おたねに問う。

「玉子がたくさん入ったときは、中食の顔にすることもあります。あとは焼き飯や……」

そこまで答えたとき、聡樹と玄気が入ってきた。どうやら玄斎は診療で手が放せないようだ。

「では、召し上がっていただきましょう」

玄気が言った。

「起こすのですか？」

おたねが問う。

「ええ。上だけ身を起こしていただきます」

助手の若者が答えた。

「トマス、上烏賊《うえいか》」

面妖な言葉を口走ると、森山はまた玉子粥の匙を口に運んだ。

よほど気に入ったらしい。匙を置こうとはしない。

「手伝ってください」

玄気がおたねに声をかけた。

「……はい」

一瞬ためらったが、おたねは病人の枕元に座り、肩から背にかけて右手を差し入れた。痩せ衰えて骨張った体だった。それでも、かろうじてぬくみは伝わってきた。

「行きますよ」

「はい」

玄気とおたねは息を合わせ、トマスの上体を起こしてやった。

異国から来た青年は、病人用の衣に着替えていた。無地の浴衣《ゆかた》のような衣だが、いくらか窮屈そうだ。

「鮎《あゆ》、桶《おけ》？」

通詞が気遣わしげに問い、玉子粥の椀を置いた。森山の椀はあっという間に平らげられていた。

トマスは首を小刻みに横に振った。眠っているところをやにわに起こされたから、まだ頭がはっきりしていないらしい。

眉間《みけん》に指をやり、いくたびかもむようなしぐさをする。

そして、瞬きをした。

おたねは吐胸《とむね》を突かれた。

初めて見る目の色だった。

見慣れた黒い瞳ではない。碧《あお》だ。まるで訪《おとな》う者のない山間《やまあい》の寂しい湖のようだった。
「大丈夫ですか？」
おたねは日本語で気丈に話しかけた。
トマスはまた瞬きをした。
玄気が玉子粥の椀を運んできた。
「糸《いと》、糸」
通詞が身ぶりをまじえて告げた。
食べなさい、と伝えたようだ。
玄気が蓋を開けた。
ほわっ、と湯気とやさしい香りが漂う。
おたねの心の臓の鳴りが速くなった。
うわさに聞くばかりで、異人をこの目で見るのは初めてだ。
しかも、息遣いが伝わるほど近い。
通詞が食べさせるように身ぶりでうながした。
おたねは肚《はら》をくくった。
「これを食べて、早く良くなってくださいね」

懸命に笑みを浮かべて言うと、匙で玉子粥をすくって青年の口に運んだ。
トマスはゆっくりと口を開けた。
まずひと口、恐る恐る味わう。
続いて、もうひと口、青年は粥を味わった。
「食べられますか？」
おたねは訊いた。
碧い目がそちらに向けられた。
ゆっくりとうなずく。
おたねはさらに匙で玉子粥をすくい、トマスの口元へ運んでやった。
その様子を、誠之助と聡樹がじっと見守っていた。
「食べてますね」
小声で聡樹が言った。
「ああ。少しでも食べてもらわないと」
誠之助が答える。
初めは匙を持つ指が少しふるえたが、ほどなく定まった。
それとともに、おたねの心の中に、言い知れない同情の念がわきあがってきた。

母国から遠く離れた国へ、大きな船の乗組員としてやってきた。なのに、重い病に罹り、長い船旅には耐えられないと見なされ、下船を命じられた。どんなにかお国に帰りたかったことだろう。どんなにか悔しく、また心細い思いをしているだろう。

そう思うと、おたねの目頭は熱くなった。

いくたびか玉子粥を味わったトマスは、やおら右手を挙げた。

「もういいですか？」

おたねが問う。

トマスは少し咳きこんだ。

物をいくらか食べるだけでも大儀そうだ。

森山が何か話しかけた。体を気遣っていることだけは察しがついた。

トマスは芯のない声で答え、また咳をした。

その背中を、おたねは優しくさすってやった。

肉の厚みのない、骨ばかりの背だ。

それでも、人のぬくみは伝わってきた。

まだ生きている証が、たしかにおたねに届いた。

「では、残った分は、またあとで温め直してお出ししましょうか」

玄気が声をかけた。

「どうしましょう」

おたねは誠之助のほうを見た。

「それでいいと思う」

誠之助はすぐさま答えた。

森山もうなずく。

「では、またあお向けに」

玄斎の助手が言った。

「さ、楽に」

そう声をかけると、おたねはトマスの背に手をやった。

「一の、二の……」

「三っ」

息を合わせて、病人を再びあお向けにする。

ほっと一つ、トマスは息をついた。

哀しげな瞳がおたねを見る。

玉子粥のおかげでほんの少し色のよみがえった唇が、ゆっくりと動いた。

「……アリガトウ」

青年はそう告げた。

おたねは一瞬たじろいだ。

音の上げ下げはいくらか違うが、いま発せられたのはたしかに耳になじんだ言葉だった。

「トマス君は簡単な会話ができるので」

すかさず通詞が言う。

それを聞いて、おたねは小さくうなずいた。

そして、のどの具合を整えてから言った。

「どういたしまして」

おたねはそう言って笑《え》みを浮かべた。

トマスの表情がやんわりと崩れた。

異国から来た青年は、初めてかすかに笑った。

六

「このまま寝かせますか？」

玄気が森山にたずねた。

「いや、その前に」

通詞はさっと右手を挙げた。

「故郷のアイダホで味わっていたお母さんの手料理を食べたい、とトマス君は言っていた。はくるべ、という謎めいたものが入っているらしい。せっかく夢屋さんが来てるんだから、いま少しどういう料理か訊いてみたい」

森山は歯切れよく言うと、トマスの枕元へにじり寄った。

「鮎、桶」

同じ言葉を繰り返す。

「桶」

トマスは弱々しく答えた。

大きな身ぶりをまじえながら、通詞は質問を始めた。

答えるのも大儀そうだが、一言一言《いちごん》、かみしめるようにトマスは答えていた。

舞《まい》、真座《まざ》……

面妖な言葉がおたねの耳に響く。

あお向けになっていると、ほおのこけ具合がなおさら痛々しかった。

おたねは胸が詰まった。

米国のアイダホというところにいる親御さんは、どんなにか待っていることだろう。息子のトマスさんと再会できる時を。

もしかしたら、お船を待っているかもしれない。今か今かと、息子さんが下りてくるのをお母さんが待っている。なのに、トマスさんの姿は最後まで現れない。

そんなことになったら、さぞ気を落とされることだろう。

そんな想像をすると、また胸が詰まった。

ほどなく、通詞とトマスの話が終わった。

「土台になるのは、おやきのようなもののようですな」

いくぶんけげんそうな顔つきで、森山が言った。

「南蛮おやきでしたら、夢屋でも常連さんに出したことがありますよ。それなら、できるかもしれません」

誠之助が乗り気で言った。

「ただ、その上に……」

森山は身ぶりで示した。

「何かのせるのでしょうか」

おたねがたずねた。

「牛の乳と玉子の白身を溶いて泡立てたものをのせるらしい」

通詞は答えた。

「牛の乳を手に入れるのは大変ですね」

聡樹が言う。

「玉子だけなら、なんとかなるでしょう」

おたねがうなずいた。

「で、肝心のはくるべは？」

誠之助が問うた。

「最後にのせるようだ」

そう答えると、森山は玄気のほうを見た。

「何か紙はないか。筆も頼む」

「承知しました。いま診療所から取ってきます」

玄気はてきぱきと動いた。

筆と紙を待っているあいだ、森山はトマスにさらに問いを発した。

トマスはときおり咳きこみながらも、律儀に言葉を選んで答えていた。

「そのおやきのごときものにのせるふわふわしたものは、だいぶ甘いようですな。ソウ、スイート」

通詞は唇を大きく動かして発音した。

「ソウ、スイート」

聡樹がつい復唱する。

「ふわふわして甘いものなら……」

おたねが思案を始めたとき、玄気があわただしく戻ってきた。

「お待たせしました」

と、紙と矢立を差し出す。

「では、はくるべの綴《つづ》りを書いたら休んでもらおう」

森山はそう言うと、トマスに英語で伝えた。

片言の日本語はしゃべれるとはいえ、入り組んだことは通詞がいないと難しいようだ。

トマスは短いうめき声を発して横向きになった。
そして、筆をつかむと、紙に文字を記していった。
線の細い、ふるえるような字だった。
「これが、はくるべか」
森山が身を乗り出した。
トマス・ホジスンが記した文字は、こう読み取ることができた。

Huckleberry

第五章　まぼろしの玉子かけごはん

一

「玉子の白身を使うと言っても、ふわふわ玉子じゃないんだね」

一枚板の席で、夏目与一郎が首をかしげた。

翌日の夢屋だ。

トマス青年の「母の味」についておたねが伝えると、みな一様に腑に落ちない顔つきになった。

「ふわふわ玉子なら、いくらでもおつくりできますけどね」

おたねが言う。

「小ぶりの鍋で少し味つけしただしを煮立てて、溶いた玉子の白身を静かに流しこんで、ふたをして十数えれば出来上がり」

おりきが唄うように言った。

「胡椒を振って食ったらうまいよね」

夏目与一郎が手つきを添えて言う。

「でも、トマスさんのお母さんの味は、あったかいふわふわじゃないみたいなんです」

と、おりき。

「冷てえふわふわって、それこそ雲をつかむみてえな話だな」

夏目与一郎の隣に座った隠居の善兵衛が言った。

「おやきのほうはあったかいんだろう？」

元与力の狂歌師が問う。

「ええ、そうみたいです。どんな粉を使うか分からないんですけど」

おたねが答えた。

「まあ、何にせよ、懐かしいおっかさんの味に似たものがつくれればいいね」

おりきが言った。

「ええ。それで具合が良くなってくれればいいんだけど」

「なかなか難しいかい」

隠居がたずねる。

「身のすべてが弱っているから、とにかく養生につとめるしかないとお父さんも言っていました」

トマスの儚げな寝顔を思い出しながら、おたねが答えたとき、夢屋ののれんがふっと開き、二人の男が入ってきた。

画家の杉田蘭丸と、その後ろ盾の雛屋佐市だった。

二

「へえ、やっぱり横浜に出見世を出されるんですか」

座敷に茶を運んでいったおたねが笑みを浮かべた。

「ずいぶん迷ったんですが、何もしないで後悔するより、やって後悔したほうがいいと思いましてね」

雛屋佐市が言った。

「雛屋さんの才覚なら、きっとうまくいくよ」

夏目与一郎が言う。

「で、何をあきなうんだい？」

善兵衛がたずねた。

「横浜が開港されたら居留地ができます。そこに住む人たちのために、眼鏡やぎやまん物などをあきなうつもりです」

「なるほど」

「逆に、日の本の品を土産にされる方もいらっしゃると思うので、舞扇や根付けなど、和のものも取りそろえることにしようかと」

佐市は言った。もうだいぶ絵図面ができているらしい。

「蘭ちゃんの絵は売ってもらえないの？」

持ち帰り場から、太助が軽く言った。

中食はとうに終わり、串揚げも海老が売り切れて甘藷だけになった。

隣の寺子屋からはわらべの声が響いてくる。このところは誠之助ばかりでなく、弟子の聡樹も一緒にわらべを教えている。

「いや、富士山の蘭画なら売れると思うので、声はかけてあるんだがね」

佐市がまず言った。

「でも、浮世絵などのほうが外人さんには受けるんじゃないかと思って、ちょっと迷ってるんだ」

蘭丸が小首をかしげた。

「いや、蘭ちゃんの腕で富士山を描いたら、必ず売れるって」

太助が太鼓判を捺《お》した。

隣で春吉を負ぶったおよしもうなずく。

「あ、そうそう」

おたねが軽く両手を打ち合わせてから続けた。

「身を起こせるようになったら、トマスさんを描いてもらおうと思って」

「ああ、それはお安い御用ですよ。わたしも外人さんを描いてみたいので」

総髪の蘭画家はすぐさま請け合った。

「で、冷たいふわふわ玉子の話に戻るがね」

夏目与一郎が座り直して続けた。

「玉子の白身だけを使うんだろう？」

おたねに問う。

「ええ。それに牛の乳や甘みを足してかきまぜるらしいんですけど」

おたねは身ぶりをまじえて答えた。

「牛の乳は用立てが無理だろう」

と、善兵衛。

「ええ。それは仕方がないので、玉子の白身だけで、お砂糖を足してやってみようかと」

おたねは答えた。

「でも、白身を使うと、黄身だけ残ってしまうんじゃないですか？」

佐市が問うた。

おたねが座敷へ肴を運んでいった。

芝の海で獲れた鯛を使ったかき鯛だ。

三枚に下ろした鯛の身を、包丁の先で豪快にこそげ取り、煎《い》り酒《ざけ》をまわしかけて溶き辛子を添える。

本来は酒の肴だが、ちょうど支度をしていたから、佐市と蘭丸にも出した。これからまた雛屋に戻って相談事があるので、座敷はお茶だけだ。

「黄身は黄身だけで料理にするしかないね」

夏目与一郎が答える。

「黄身の味噌漬けとかね。……はい、お待ち」

一枚板の席にも、おりきがかき鯛を出した。

「お、うまそうだね」

「活きのいい鯛ならではだな」

狂歌師と隠居が受け取る。

かき鯛を味わいながら、しばらく玉子の黄身だけの料理の話が続いた。

焼き飯にまぜるにしても、黄身だけではもったいない。天麩羅《てんぷら》の衣に使えば黄金色に仕上がるが、これまた贅沢に過ぎる。

「おお、そうだ」

夏目与一郎が手でとんと一枚板をたたいた。

「何か思いつきました？　四目先生」

おたねが問うた。

「玉子の黄身をわっと溶いて、飯にまぜて食べればどうだい」

海目四目が突拍子もないことを言い出した。

「生の黄身をかい？」

隠居が眉をひそめた。

「そりゃ、ちょいと気味が悪いですよ、先生」

太助もすぐさま言った。

「洒落《しゃれ》かい、太助」

おりきが笑う。

「いや、たまたまで」

と、太助。

「玉子だけじゃ、味がついてないですよね」

おたねも首をかしげた。

「かき鯛にかかってる煎り酒や、醤油をちらっとたらしたら、存外にうまそうな気がするがねえ。海苔《のり》をちぎって入れてもうまそうだ」

夏目与一郎はなおも案を出した。

「去年、コロリも流行ったことだし、生のままはいかがなものでしょうか」

佐市がやんわりとたしなめた。

「さすがに食べる人はいないと思います」

蘭丸も言う。

「うちで出しても駄目そうですね」

おたねが引導を渡すように言った。

せっかくの思ひつきなる黄身かけも気味が悪いとまぼろしとなり

海目四目は嘆きながら一首詠《よ》んだ。

かくして、玉子かけごはんはまぼろしとなった。

江戸時代の末期にはようやく値が落ち着き、好んで食べられるようになった玉子だが、生で食す習わしはまだ生まれていなかった。

現在では専用の醤油などもつくられている玉子かけごはんは、明治に入ってから生まれた。

初めて試みたのは、新聞記者の草分けの一人で、さまざまな事業を起業した岸田吟香《きしだぎんこう》だった。豪放磊落《ごうほうらいらく》な性格で、新聞事業のみならず、海運業から目薬製造、果ては清涼飲料まで、八面六臂《はちめんろっぴ》の活躍をした吟香が日清戦争の従軍記者時代に常食としていたところから玉子かけごはんが広まっていった。

新聞に辞書に広告、さらに四男の洋画家・岸田劉生《りゅうせい》、さまざまな功績をこの世に残した吟香だが、玉子かけごはんも知られざるその一つだった。

三

その日の晩――。

夢屋に初めての客が現れた。

福沢諭吉だ。

その後、森山多吉郎に教えを請いに行った際に、トマス・ホジスンの話を聞いたらしい。

夢屋にはちょうど誠之助と聡樹がいた。象山に届ける書物と豆菓子の手配がついたので、あすにでも松代へ出立する段取りになっていたから、入れ違いにならなかったのは幸いだった。

「すると、生の英語を聞くことはできんわけですな」

福沢はいくらか落胆したように言った。

「病人のためにならないので、面会はちょっと」

同じ座敷に座った誠之助がすまなそうに答える。

「今日も玉子粥を運んでいったんですけど、お気の毒に、身を起こすのも難儀そうで。見ているほうがつらくなりました」

おたねも伝えた。

「そうですか。それなら、仕方ありませんな」

福沢はすぐ切り替えた。

「ま、そのあたりは横浜で外人をつかまえてしゃべってみよかと思《おも》てるんですわ」

大坂の適塾出身の男はそう言って、鯛のあら煮を口に運んだ。

「森山先生のほうはいかがです？」

聡樹がたずねた。

「なにぶん忙しいお方で、半ば危惧したとおり無駄足でしたわ。前にも言うたとおり、英語の勉強はこれから先は仲間内でやろと思てます。念願の字引が手に入ったんで」

福沢はほくほくした顔になった。

「それは良かったですね。ひょっとして、いまもお持ちですか？」

誠之助は渋い銀鼠《ぎんねず》の巾着《きんちゃく》を指さした。

トマス・ホジスンに面会するつもりでまず夢屋を訪れたのだとしたら、字引を持参してきたはずだ。

そう読んだのだが、図星だった。

「これですわ」

福沢は得意げに一冊の字引を取り出した。

ホルトロップの英蘭対訳の辞書だ。

「拝見してよろしいでしょうか」

誠之助が身を乗り出した。

「五両しましたんで、ていねいに扱ってくださいな」

「それはもう」

そのやり取りを聞いて、おたねがばたばたと動いた。

「これは百人力ですね、先生」

聡樹が覗きこんで言う。

「そうだな。雛屋さんが横浜に出見世を出すのなら、これも調達できないか訊いてみよう」

紙を慎重にめくりながら、誠之助が答えた。

「横浜へ出見世を？」

福沢が口をはさんだ。

「ええ。芝神明でぎやまん物や唐物などをあきなう雛屋佐市さんが、思い切って出見世を出すそうで」

と、誠之助。

「外人さんに好まれそうな和物や、富士山の絵なども売るそうです」

聡樹も和す。

「それはいけるかもしれませんな。ただ……」

福沢は言葉を切った。

「ただ？」

聡樹が先をうながす。

「余計なお世話かもしれんけど、おのれの足で横浜へ行って、おのれの目で見てきたほうがええと思いますで。いままであれほど学んできた蘭語が役に立たんのやから」

福沢はそう忠告した。

「なるほど、それはそうだな」

誠之助はうなずいた。

「なら、松代から戻ったら、今度は横浜へ行きましょう」

聡樹が水を向ける。

「そうだな。そうするか」

話がまとまったとき、近くに控えていたおたねが、待ちきれないとばかりに言った。

「おまえさま、これを字引で」

おたねがそう言って差し出したのは、例の紙だった。

「ああ、そうだな。Huckleberryか」

誠之助はさっそく調べはじめた。

「それは？」

福沢が短く問う。

「トマスさんが故郷のお母さんにつくってもらっていた懐かしい料理があります。そのいちばん上に、これをのせるみたいなんですけど、どういうものか分からないので」

おたねはそう説明した。

「うーん、字引にはないな」

誠之助の顔に落胆の色が浮かんだ。

「Berryならどうです？　それならありそうや」

福沢がただちに言った。

「そうか」

また指が動いた。

英蘭辞書だから見ても分からないが、おたねも覗きこむ。

「あった」

「やっぱり」

福沢はにやりと笑った。

「どんな意味です？」

聡樹がたずねた。

「どうやら木苺《きいちご》みたいなものみたいやな。いろんなBerryがあるんや」

と、福沢。

「では、どこでそれを手に入れればいいんでしょう」

おたねが先を急いだ。

「さあ、それは分からんなあ」

さしもの福沢もお手上げの様子だった。

「Huckleberryはいちばん上にのせるもので、土台のおやきのごときもののほうが主だからな」

誠之助が言った。

「ふわふわした甘いものも」

聡樹も言う。

「まあ、そのあたりのお知恵をいただきに、象山先生のもとへうかがうわけだから」

誠之助は半ばはおたねに言った。

「そうね」

おたねの右のほおに、ようやくえくぼが浮かんだ。

四

翌朝――。

松代へ出立する前に、誠之助と聡樹はおたねとともにトマス・ホジスンのもとへ足を運んだ。

誠之助は倹飩箱を提げていた。中身はいつもの玉子粥だ。

「ゆうべの酒が少し残ってるな」

坂を上りながら、誠之助が言った。

「福沢先生のお話を聞きながら呑んでいると、つい過ごしてしまいますね」

聡樹も苦笑いを浮かべる。

談論風発の福沢諭吉に合わせて呑んでいたら、だいぶ呑みすぎてしまった。米国ばかりでなく、いずれは世界中を旅して、本邦にさまざまな文物を紹介したいという気宇壮大な夢を福沢は語っていた。

長屋が近づいてきたとき、ふっと一つ、おたねは息をついた。

「どうした？」

誠之助が問う。

「トマスさんの身に大事はないかと心配で……」

おたねは胸に手をやった。

玉子粥はなんとか胃の腑に入れているし、玄斎が煎じた薬もちゃんとのんでいる。

しかし、快方に向かっているという感じはまったくしなかった。

危うい崖の縁で、どうにか持ちこたえている。

そんな感じしかしなかった。

毎朝、粥を届けに行くとき、トマスがまだ息をしていると、おたねはほっと胸をなで下ろす。

その日も、そうだった。

「トマスさん、お粥ですよ」

おたねが声をかけて長屋の奥へ進むと、床に寝たきりの青年の腕がわずかに動いた。

閉じていたまぶたが開く。

半開きになった口から、弱々しい声がもれた。

「スミマセン……」

思わず胸が詰まるような声だ。

おたねは誠之助とともにゆっくりと青年の身を起こしてやった。

聡樹が倹飩箱から玉子粥を取り出す。

待って、とおたねは身ぶりで示した。

いつも寝起きは食が進まない。ものを食べるという当たり前のことすら、トマスにとっては坂を上るような難儀を伴うのだ。

「ゆうべは、よくお休みになれました？」

身ぶりをまじえて、おたねはたずねた。

片言はしゃべれるとはいえ、すんなりと通じるわけではない。おたねはなるたけ身ぶりを添えるようにしていた。

「ユメヲ、ミマシタ……」

トマスはかすれた声で答えた。

「どんな夢を？」

おたねはたずねた。

「ワタシハ、フルサトニ、カエリマシタ……」

遠い異国から来た青年は、ひと言ひと言をかみしめるように伝えた。

「そう」

おたねがうなずく。

「オカアサンガ、イマシタ……ナツカシイ、オカアサン……」

そこで言葉が途切れた。

トマスの目尻からほおにかけて、ひと筋、またひと筋と、水ならざるものが伝っていく。

「そのお母さんの味を……」

誠之助の言葉も途切れた。

佐久間象山という偉い先生のお知恵を借り、きっと夢屋で再現できるようにする、と伝えたかったのだが、胸が詰まって声にならなかった。

「オカアサン……マイ・マザー……」

異国で病んでしまった青年は、なおもぽろぽろ涙をこぼしながら言った。

「良くなったら……きっと帰れますから。お母さんに、会えますから」

おたねはかすれた声で言うと、聡樹に目配せをした。

玉子粥の椀がその手に渡る。

「だから、これを食べて、養生してくださいね」

おたねは匙で粥をすくい、トマスの口に近づけた。

「ハイ……」

青年は涙をふいた。

そして、ゆっくりと口を開けた。

第六章　横浜の恩人

一

信州松代——。

佐久間象山が蟄居している聚遠楼《しゅうえんろう》に、暮夜《ぼや》、二つの影が近づいた。

提灯を持たず、かすかな月あかりだけを頼りに進んでいるのは、光武誠之助と坂井聡樹だった。

弟子の吉田松陰の海外渡航未遂事件に連座して、松代に蟄居の身となった象山だが、万能の天才にして憂国の志士でもある快男児の意気はいささかも阻喪《そそう》しなかった。遠方から訪ねてきた者たちと談論風発を重ね、洋学や砲術などを惜しみなく教えていた。

さすがにこれはいかがなものかと幕府の不興を買い、門番を置いて、向後《こうご》は来客まかりならぬというお達しが出た。遅まきながら、象山は名実ともに蟄居の身となったのだ。

さりながら、眺めがいいことからその名がついた聚遠楼は広壮な屋敷だ。庭などに抜け道はいくらでもあった。門番も形だけのつとめで、閑職にあくびばかりしている。もとは御庭番の家系で忍びの心得もある誠之助にとってみれば、夜陰に乗じて師のもとへ赴《おもむ》くのはいともたやすいことだった。

聡樹も二度目になる。前回はいくたびもつまずいたり転んだりしたが、今度はだいぶましになった。

「縁側だ。上るぞ」

誠之助は小声で言った。

「はい」

聡樹が続く。

抜き足差し足で進んでいるうち、ある障子の一角がほんのりと明るんでいるのが見えた。

師の象山が書見をしているのだ。

誠之助は灯りの源へ近づき、障子の前に座った。

「誠之助か」

魔王のごとき声が響いてきた。

「はい。弟子もおります」

誠之助は答えた。

「入れ」

象山は短く言った。

「失礼します」

障子を開けて入ると、異人のごとき容貌の男がぎろりと見た。

炯々としたまなざしだ。

正面からは両耳がまったく見えない。

ひと目見たら忘れられない異貌の持ち主こそ、万能の天才、佐久間象山その人だった。

二

「そうか。横浜の開発は進んでいるのか。先見の明があったな」

象山はにやりと笑って豆菓子を口中に投じた。

ぽりっ、と噛む。

江戸から必ず持たせる好物だ。乾かした豆に醤油と塩で味つけしただけの品だが、酒でも茶でもつまみにする。

「夢屋の常連客の雛屋という唐物を扱う見世も、横浜へ出見世を出すそうです。街道筋に近い神奈川ではなく、横浜を開港すべしという先生のご意見に沿って事は運んでおります」

誠之助が告げた。

「元来、己《おのれ》は下田ではなく横浜を開港すべしと訴えていたのだ」

象山は言った。

己、という自称を用いる人物は珍しいが、独立不羈《ふき》にして傲岸不遜《ごうがんふそん》とも言える象山にはぴたりと嵌《は》まっている。

「日米和親条約が締結されたころのことですね」

誠之助が言った。

安政元年（一八五四）二月、象山が蟄居を命じられる年のことだ。

「然《しか》り。下田の地は東海の要衝にて、欧亜航路における喜望峰のごとき要害である」

象山は演説口調になった。

聡樹は両のこぶしをひざに置き、片言隻句《へんげんせっく》も聞き逃すまいとしている。

「ひとたび事あらば、守るは難《かた》く、攻むるは易《やす》い。さような地を開港すれば、まことに危険極まりない」

「そこで、横浜を開港すべしと主張されたのですね？」

誠之助は言った。

今回の訪問の主たる目的は、トマス・ホジスンの母がつくっていた料理を再現するための知恵を得ることだが、まずは時勢の話になった。そこへたどり着くまでには少々時がかかりそうだ。

「そうだ。下田ではなく横浜であれば、朝に夕に監視の目を光らせることができる。有事の際は、ただちに砲兵を派遣することもできよう。江戸城に近きがゆえに横浜を忌避《きひ》する者もいたが、逆に、近きがゆえに策も講じられるのだ。かかることはわらべでも分かろうものを」

象山はそう言って、また豆菓子をぼりっと噛んだ。

「さりながら、紆余曲折を経て、ようやく先生の示された道筋に戻ってまいりました」

誠之助は笑みを浮かべた。

「六年もかかり、己は蟄居の身となってしまったが、横浜開港に至ったのはわが意を得たり。横浜は向後も長く繁栄するであろう」

予言者めいたまなざしで、象山は言った。

象山が残した足跡《そくせき》は多岐にわたっている。

国益となるかもしれない事業に関しては、大小を問わずに貪欲に取り入れ、実行に移したのが象山の偉才たるゆえんだった。砲術、医術、写真術、種痘、養豚、馬鈴薯の栽培、硝子・石灰の製造から葡萄酒の醸造などに至るまで、短い間に矢継ぎ早に世に送り出したのは、まさしく天才の所業だった。

その功績があまりにも大きすぎて見過ごされがちになっているが、横浜開港の礎《いしずえ》を築いたのも、まぎれもない佐久間象山の功績の一つだった。

約一世紀後の昭和二十九年（一九五四）、横浜市は象山の世に先んじた卓見に基づく開港論を徳として、野毛山《のげやま》に彰徳碑を建立《こんりゆう》した。

佐久間象山は、知られざる横浜の恩人だった。

三

「諸国は条約の文言を重んじ、神奈川開港を主張するであろう」

象山の話はまだ時事から離れようとしなかった。

「そのようです。しかし、幕府は横浜開港をすでに推し進め、大店《おおだな》に出見世を出すようにと促している由」

誠之助が伝えた。

「神奈川にはなにがしかの出先機関を置けば良い。さすれば、条約の文言の顔は立つ。名を神奈川に、実《じつ》を横浜に。これで大過はないはずだ」

象山の言葉に、聡樹はうなずいた。

「おまえはいくつになる？」

象山はやにわにたずねた。

「はっ、二十一歳です」

射竦めるようなまなざしで見られ、やや動転しながら聡樹は答えた。

「若いな」

「はい」

「己は三十二歳くらいまでは、無知蒙昧《むちもうまい》なる鎖国攘夷論者であった。外国人は利にさといばかりで、仁義をわきまえぬ夷狄《いてき》であると解していた」

象山はいったん唇を結んだ。

「先生はその後、蘭学を修め、多数の洋書を繙《ひもと》き、お考えを改められたのだ」

誠之助が言葉をはさんだ。

「然り。それによって世界の情勢を達観し、貿易通商の要を痛感するに至ったのだ。彼は昔の彼ならず。過ちを認め、考えを改むるに遅すぎることはない」

象山の言葉に、若者は正座を崩さずにうなずいた。

象山はさらに続けた。

「外国の文物や制度は、わが国を凌駕《りょうが》している。洋夷《ようい》撃つべしと力むは愚の骨頂なり。学ぶべきものは虚心坦懐《きょしんたんかい》に学ばねばならぬ」

象山はそう教えた。

ちなみに、かつてある門人が「洋夷」を軽んじているのを知り、こういさめたことがある。

「それは徳義を知らぬ野蛮人を評する言葉だ。先に来航した西洋人は礼儀をわきまえた優秀な人物であるゆえ、外蕃《がいばん》もしくは外国人と呼ぶべきである」

いまなお用いられる「外国人」なる呼称も、その源は象山と目されている。

「ショメールの百科事典だけでも、先生は多くのことを学んで実行に移されましたからね」

トマス・ホジスンの話を切り出すために、誠之助は呼び水としてショメールの百科事典を持ち出した。

「然り。ただし、書物ばかりではない。実際に外国人から学んだものもある。その舞台となったのは、またしても横浜だ」

案に相違して、象山はまた滔々《とうとう》と昔話を始めた。これはしばらく拝聴するしかない。

安政元年（一八五四）二月、横浜村で日米和親条約締結の交渉が行われた。松代藩は警固にあたっていたため、象山もかの地を訪れていた。

二月十七日、エリファレット・ブラウン・ジュニアという写真家が横浜村に上陸し、さまざまな写真を撮った。

その被写体になったのが、ほかならぬ象山だった。五尺八寸（約一七五センチ）という当時としては抜きん出た長身で、筋骨隆々、眼光鋭い梟《ふくろう》のごとき容貌の男は、ひときわ目立ったに相違ない。

写真家から声をかけられた象山は、これ幸いとばかりに身ぶり手ぶりをまじえて会話を試み、写真術に関する細かな知識を得た。

「もっとも、己はすでに留影鏡《りゅうえいきょう》を所持し、知識も有しておった」

象山は自慢げに語った。

写真機に対するその独特の呼称は、あいにくいまに伝わっていない。

「種版を作るには沃度《ようど》を用いるべきか、はたまた臭素が良いかと従僕を通じて問うたところ、なぜそんなことを知っているかと大いに驚いていた。呵々《かか》」

象山は笑った。

化鳥《けちょう》を彷彿《ほうふつ》させる、一度聞いたら忘れられないような笑い声だ。

なおひとしきり横浜での自慢話が続いた。不可能事など何一つなさそうな象山だが、瑕《か》瑾《きん》があるとすれば、傲岸不遜でともすると人の恨みを買いやすい性格だ。

「先生は写真術や砲術などばかりでなく、医術にも長《た》けていらっしゃいます」

誠之助は今度はべつの糸口を探した。

「然り。さまざまな治療道具を考案し、多くの患者を診てきた」

「実は、重き病に罹った米兵が下船のやむなきに至り、わが義父の診療所にて療養しているのです」

ようやくここで本題に入ることができた。

「ほう。それは気の毒だな」

象山は医者の顔つきになった。

電池や地震計なども試作した万能の人だから、ともすると影が薄くなりがちだが、象山は名医でもあった。

（ほかの医者が見放した患者でも、一度は象山先生に診てもらえ。象山先生なら、命を救

ってくださるかもしれない)

故郷の松代ではそう言われるほどだった。

誠之助はこれまでのいきさつと、トマスの病状について事細かに伝えたうえ、例のはくるべの謎の話をした。

「いまは精のつく玉子粥などを与えておりますが、何か食べたいものはないかとトマス君に訊いたところ、故郷のアイダホというところで母がよくつくってくれた料理をもう一度食べたいと言うのです」

「ほう、母の料理を」

象山は身を乗り出した。

「それは西洋のおやきのようなものが土台で、玉子の白身を泡立てた甘いふわふわしたものと、Huckleberry という果実をのせるのだそうです」

誠之助が伝えた。

「英蘭の字引には載っていませんでしたが、どうやら木苺のようなもののようです」

聡樹も緊張の面持ちで言い添える。

「分かった」

象山はやにわに立ち上がった。

いままで座っていたから、なおさら大男に見える。

「ショメールに訊いてみよう」

象山は百科事典に歩み寄った。

四

「同じような料理は諸国にあるであろう。本邦のうどんもそうだな」

虎の巻とも言うべき書物を繙きながら、象山は言った。

「わが国ではおやきのごときものだろうと話をしておりました」

誠之助は答えた。

「然り。欧州にガレットという料理がある。これは蕎麦粉を用いたおやきのごときものだ」

再び座った象山は、百科事典の当該ページを開いた。

「そういうものまで載っているのですね」

聡樹が感心したように覗きこんだ。

「汲めども尽きぬ源泉のごとき書物だな」

象山は長い指で頼もしそうにショメールをたたいた。

全十六巻の百科事典は、フランスの司祭兼農学者が編んだ。英邁《えいまい》な前松代藩主、真田幸貫《さなだゆきつら》の後ろ盾を得た象山は、この大冊を高価で購入してもらった。

爾来《じらい》、辞書と首っ引きで解読につとめるばかりでなく、次々に試作に取り組み、成果を挙げていった。

同じころ、水戸《みと》藩は葡萄酒の醸造や鉱山の開発、薩摩《さつま》藩は硝子などの工業製品の製造に取り組んでいた。それらは藩を挙げての事業だったが、象山はたった一人、独力で西洋文明を造りあげていくかのような目ざましい働きを見せていたのだ。

「蕎麦粉であれば、いささか違うように思われますが」

誠之助がおずおずと言った。

「麦粉を用いたものはクレープと称する」

象山は巻き舌で答えた。

「クレープ、でございますか」

と、誠之助。

「然り。麦粉を水で溶き、玉子や砂糖などを加えるようだ」

字引を用いずに、象山は答えた。

そんな按配で、トマスの母がつくっていた料理に近いものが少しずつ再現されていった。

ふわふわの白い雲のごときものは、さすがに牛の乳は使えないが、卵白と砂糖をよくまぜ合わせれば代用できることが分かった。

残るは、いちばん上にのせるものだ。

「Huckleberryなるものは、米国のアイダホの特産であろう。本邦にてつくるとすれば、その代用品を求めねばならぬ」

象山は言った。

「わたしもそう思っておりました」

誠之助がうなずく。

「して、その代用品は？」

聡樹が身を乗り出して問うた。

「しばし待て」

象山はまたぬっと立ち上がり、書見にも用いている龕燈《がんどう》をかざして書架をひとしきりあらためた。

誠之助も手伝い、何冊かの字引や資料を取り出す。

「こ、これは……」

そのうち、誠之助の手がはたと止まった。

手に取ったものをまじまじと見る。

「これは、ホルトロップの字引でございますね」

聡樹も驚いたように言った。

福沢諭吉が五両で購い、夢屋にも自慢げに持参したあの字引に相違なかった。

「ホルトロップを知っていたのか」

象山が問うた。

「ええ。大坂の適塾で学んだ福沢という人物から教わりました。まさかすでにお持ちであったとは」

誠之助はそう答えてまた瞬きをした。

「長崎から留守宅へ門人が運んでくれた。衣類などに隠せば分からぬからな。そちらからも豆菓子は調達している」

象山は得意げに答えた。

「では、とにもかくにも調べてみましょう」

聡樹が水を向けた。

「そうだな」

誠之助がうなずく。

「その字引は己のほうが慣れている。貸せ」

象山がぬっと手を伸ばした。

ものすごい勢いでホルトロップをあらためていく。

「berryがつくものは、同じ果実の仲間のようだ。ブルーベリー、ラズベリーというものもある」

なおも指を動かしながら象山は言った。

「木苺の仲間のようですね」

と、誠之助。

「然り。そのなかから、本邦でも入手できるものが……」

そこまで言ったとき、象山の手がはたと止まった。

「我、発見せり」

象山は夢にうなされそうな笑みを浮かべた。

「見つけられましたか、先生」

誠之助が顔を上げた。

「Mulberryというものがある。これなら、本邦でも実を使うことができよう」

象山は言った。

「それは何でございます？」

誠之助の問いに、象山はひと呼吸置いて答えた。

「桑の実だ」

五

桑の実であれば、五月（陰暦）の半ば頃になれば熟れる。信州はもとより、養蚕《ようさん》を行っている場所なら入手することができる。初めは雲をつかむようだったが、ようやく道筋が見えてきた。

「では、その季《とき》になったら八王子《はちおうじ》にでも行くか」

誠之助が聡樹に言った。

「そうですね。わりかた近場で、桑の実は容易に手に入るでしょうから」

聡樹が笑みを浮かべた。

「八王子は古くから養蚕が行われている。桐生《きりゅう》などの織物の産地もむやみに遠いわけではない。さらに言えば、横浜にも近い」

象山は言った。

「また横浜でございますか」

と、誠之助。

「然り。開港に至るほかの港、長崎、箱館に比べると、横浜には大きな長所がある。すなわち、生糸《きいと》の産地を背後に抱えていることだ」

象山は相変わらずの鋭い眼光で言った。

「なるほど。わが国の質のいい生糸は、外国も欲しがることでしょう」

誠之助がうなずく。

「上州《じょうしゅう》と信州、養蚕の盛んな地を背に従えていることは、向後も大いなる利となるはず。利にさときあきんどは、すでになにがしかの手を打っているであろう」

象山の言うとおりだった。

開港とともに横浜へ生糸の荷駄を運ぶ段取りは着々と整えられていた。

「これまでの横浜は、房総《ぼうそう》の人々との結びつきが強い漁村でしたが……」

「様変わりするであろうな」

象山は誠之助を制して言った。

「これからは養蚕の盛んな土地との交流が強くなるだろう。有力な生糸問屋は我先にと出見世を構える。外国へ輸出される品の大半は生糸ということになろうな」

蟄居の身だが、象山はだれよりも先を見通していた。

「すると、百年先の横浜はどうなりましょうか」

聡樹が瞳を輝かせて問うた。

「丈高《たけたか》い楼閣が建ち並ぶ、夢のごとき都となろうぞ。呵々」

象山はまた甲高い笑いを響かせた。

六

翌日は佐久間家の留守を預かる者をたずねた。

用人の幸田源兵衛《こうだげんべえ》とその家族だ。

松代の象山のもとを訪ねた帰りには、必ず立ち寄るから、誠之助とは気心が知れている。

聡樹も二度目だから、初めから和気に満ちたやり取りになった。

「わらべのようなところもおありですからね、わが殿は」

象山とのやり取りを聞かされて、源兵衛が笑みを浮かべて言った。

「それはまたずいぶん大きなわらべですね」

誠之助も笑う。

「象山先生にもわらべの頃があったとは、いささか思い浮かべがたいです」

聡樹が忌憚《きたん》なく言う。

「はは、それはそうですな」

と、用人。

「先生の思い描いた絵図面どおり、横浜が開港の運びになりそうなので、その点はご機嫌も良さそうでした」

誠之助が伝えた。

「それは何より。あとは、そろそろ蟄居が赦免されれば良いのですが」

源兵衛はややあいまいな顔つきになった。

「その日はそう遠いことではないでしょう。象山先生を幽閉しているのは、わが国にとって大きな損失ですから」

師の言葉に、聡樹も大きくうなずいた。

「ところで、あそこの畑に植わっているのは葱《ねぎ》ですか？」

誠之助が機を見て指さした。

「葱に見えましょう？」

源兵衛が得たりとばかりに問うた。

「違うのですか？」

と、誠之助。

「ええ。葉のところは葱に似ていますが違います。ここまで育てるのにずいぶん苦労をしましたが」

「すると、南蛮わたりの野菜か何かでしょうか」

今度は聡樹が問うた。

「そのとおりです。以前、誠之助さんにはお話をしたことがありますが」

「ああ、思い出した」

誠之助はひざを打った。

「これは、鬼怨《おにおん》ですね？」

「そのとおり」

用人の日焼けした顔がほころんだ。

「古くはへぶらいでも食用にされていた野菜だが、わが国には移入されていなかったんだ」

誠之助が聡樹に言った。

「その鬼怨がついに栽培されたと」

聡樹の瞳が輝く。

「まだ食用になるかどうかは分かりません。長崎から門人の一人が運んでくれた種を、あてでもないこうでもないと試していたところ、たまたまかもしれませんがある畑だけ育ってくれたんです」

源兵衛はそう言って白い歯を見せた。

鬼怨は当て字で、オニオン、すなわち玉葱を指す。

「では、次にうかがったときには鬼怨の試食ができそうですね」

誠之助が言った。

「そうなればいいですね。日持ちはそれなりにするでしょうから、夢屋さんで料理法を思案してみてください」

用人が水を向けた。

「望むところです。きっと張り切ってやるでしょう」

おたねの顔を思い浮かべながら、誠之助は答えた。

第七章　米国母焼き

一

「トマスさんの見通しはどう？　お父さん」

おたねは玄斎にたずねた。

隣の長屋へ立ち寄った帰りだ。

「粥は食べたか？」

玄斎が逆に問い返す。

「時はかかったけど、どうにか。ゆでた小松菜も」

おたねは答えた。

「一進一退だな」

診療所の外で、玄斎は言った。

患者を待たせているから、いくぶん早口だ。

「お薬は効いているのかしら」

おたねは首をかしげた。

「それなりには効いているはずだ。漢方の薬だが、五臓六腑に変わりはない。人の種を問うことはなかろう」

玄斎は言った。

「だったら、良くなるのを祈るしかなさそうね」

おたねは浮かない顔で答えた。

トマスが長屋に来てから毎日、粥を運んで励ましてきた。さりながら、病状はなかなか好転せず、身を起こすのもひと苦労という様子だった。

「月並みだが、病は気からだ。横浜が開港されたら、米国の船はいくたびもやってくる。体が治りさえすれば、故郷へ帰ることもできるだろう。そういう望みを強く持つことだな」

医者の父は言った。

「分かった。粘り強く看病するしかないわね」

と、おたね。

「そのとおりだ」

玄斎がそう答えたとき、診療所から呼ぶ声が響いた。

患者が待っている。

「いま行く。……では」

おたねに向かって、玄斎は軽く右手を挙げた。

二

「誠之助さん、そろそろ戻る頃ですかね」

持ち帰り場の片づけをしながら、太助が言った。

「そうね。象山先生からいいお知恵をいただいてくればいいんだけど」

おたねが答えた。

「大丈夫。先生、天才だから」

座敷に陣取った道服の明珍が言った。

「帰ってきたら、すぐ舌だめしだよ」

「いくらでも食ってやらあ」

「珍しい食い物を食えるのも夢屋の取り柄だからよ」

陶工たちが口々に言った。

「その節は、よしなに」

おたねはそう言って、酒と肴を運んでいった。

肴は甘藍と胡瓜《きゆうり》の酢漬けだ。

よそでは出ない肴で、夏目与一郎が育てた甘藍を使っている。胡麻を散らすとさっぱりした肴に仕上がった。

「甘藷粥、そろそろ上がるよ」

厨からおりきが言った。

「なら、長屋まで一緒に行く？」

帰り支度をしていたおよしに、おたねは声をかけた。

「ええ」

およしが笑みを浮かべた。

「おまえも歩くか？」

なんとかつかまり立ちができるようになった春吉に向かって、太助が言う。

「歩いたら、びっくりよ」

明珍が目を細くした。

「なに、そのうちすぐ歩くさ」

「子の育つのは早《はえ》えからよ」

「あっと言う間におとっつぁんの背を追い抜くぜ」

陶工衆がさえずる。

ややあって、支度が整った。

「じゃ、おりきさん、ちょいと行ってきます」

おたねは声をかけた。

「ああ、気をつけて。今日の甘藷粥はことに精がつくからね」

女料理人が笑みを浮かべた。

三

玉子粥ばかりでは飽きるだろうから、三度に一度は甘藷粥にしていた。

土の中で身の養いになるものを貯える甘藷も、病人には良いはずだ。玄斎の助言もあり、いつも黒胡麻を振ってトマスに供している。

「うつる病じゃないんですよね」

春吉を背負い、倹飩箱も提げた太助が訊いた。

「ええ。もしそういう病だったら、わたしがうつってるはずだから」

おたねが答えた。

「なら、およしとも相談してたんですが……ちょいと春吉に異人さんを見せてやろうかと思って」

太助はおずおずと言った。

「それはいいけど、見世物じゃないのよ」

おたねはクギを刺すように答えた。

「いや、そういうわけじゃなくて、何か先々の役に立つかと」

と、太助。

「でも、まだ物心はついてないんだから」

なにぶん病人は心の臓が弱っている。何かあったら大事《おおごと》だとおたねは案じた。

「異人さんにとってみても、気が変わっていいんじゃないかと思ったんですけど」

およしが言った。

「ああ、それはそうかも……」

おたねはすぐ考えを改めた。

「だったら、短いあいだだけね」

およしに言う。

「はい」

春吉の母はいい返事をした。

四

「カワイイ……」

と、トマスは言った。

細い腕に春吉を抱き、碧い目でじっと見る。

赤子はしばらくあいまいな顔をしていた。

「トマスお兄ちゃんよ」

おたねが赤子に言った。

「お兄ちゃんはね、亜米利加という遠いお国から、お船でいらしたの」

「こんなでけえ船なんだぞ」

太助が大仰に両手を広げた。

「見たことあるの、おまえさん」

およしがびっくりしたように問う。

「いや、ねえけど」

「なんだ」

そんなやり取りに、トマスもわずかに笑みを浮かべた。

「異人さんにだっこしてもらったから、おめえも大物になるぞ」

太助が言った。

トマスが顔を近づけた。

「オタッシャデ……」

赤子に「お」をつけるのは変だが、心情は痛いほど伝わってきた。

わが身が達者であれば、いまごろは母国に帰っているはずだ。故郷の母にも会えたかもしれない。

しげしげと見られたせいか、春吉はやにわに泣きだした。

「ゴメンナサイ……」

トマスは困ったような顔つきになった。

「さ、おいで」

およしが手を伸ばして受け取る。

「あんまり長居して、体に障《さわ》っちゃいけねえ。おいらたちはこれで」

太助がさっと腰を上げた。

去っていく家族に向かって、トマスはわずかにうなずいた。

半ば独り言のように、おそらくは春吉に向かって声をかける。

場合《ばあい》……

詩友《しゆう》……

おたねの耳には、そう聞こえた。

五

「おいしいですか?」

甘藷粥を食べさせながら、おたねはたずねた。

「ハイ」

トマスは短く答えた。

いつもより長く身を起こしているから、おたねは左手で青年の背をなでてやっていた。玄斎の話によると、痛いところはほうぼうに移ったり広がったりしているらしい。トマスの身の内に宿った憎むべき病はなかなかに手強《てごわ》そうだった。

しばらくは、ともに黙っての食事になった。

遠くで物売りの声が聞こえる。異郷で一人聞く物売りの声は、どんなに心に響くだろう。そう思うと、おたねはまた胸が詰まった。

「モウ、イイデス」

ほどなく、トマスは言った。

「おしまいですか?」

「ハイ」

申し訳なさそうにうなずく。

粥をすべて平らげる力はまだ戻っていないようだった。

「では、お薬をのみましょうね」

おたねは煎じ薬の支度を始めた。

首のうしろを支え、いったんトマスを寝かせる。

おたねは湯を沸かし、玄斎が処方した薬をのませた。再び身を起こすと、いつものように、トマスは苦そうに顔をしかめてのんだ。

「じゃあ、ゆっくり休んでくださいね」

夢屋にはまだ客がいる。おたねは立ち上がって見世に戻ろうとした。

「マッテクダサイ……」

珍しく、トマスが引き留めた。

「何か?」

おたねは座り直して問うた。

「アカチャンヲ、ミマシタ」

トマスはそう言ってかすかにほほ笑んだ。

「ええ。いつもうちの見世に一緒に来てるんです」

おたねも笑みを浮かべる。

「オカアサン、ダイテマシタ、ワタシモ」

ひと言ひと言に重みをかけて、トマスは言った。

「そうね。トマスさんの小さい頃は、きっとそうしていたことでしょう」

おたねの言葉に、トマスは小さくうなずいた。

また物売りの声が響く。

しばらく間があった。

「オカアサンニ、アイタイデス」

異国から来た青年は言った。

おたねはどうにかうなずいた。

励まそうと思ったが、胸が詰まって声にならなかった。

あお向けになったトマスの目尻から涙がこぼれる。

「きっと……」

おたねは目元をぬぐってから言った。

「帰れますよ。それに、懐かしいお母さんの味を、うちで必ずつくってさしあげますから」

トマスは弱々しくうなずいた。

「それまでは、このわたしがお母さんの代わりだと思って」

おたねはわが胸に手を当てた。

「アリガトウ……」

異郷で病んでしまった青年は、続けざまに瞬きをした。

そして、ふと思い浮かんだという顔つきでたずねた。

「アナタノ、コドモハ？」

その意表を突く問いに、おたねは考えをまとめてから答えた。

「おゆめという娘がいました」

トマスがうなずく。

「でも、死んでしまったの。たった三つで。大きな地震のあとに火事が起きて、煙に巻かれてしまったの」

われながら驚くほど冷静に告げることができた。

ただし、ここまでだった。

「わたしは、あの子を助けることができなかった。わが身だけ助かってしまったの」

そう告げたとたんに堰《せき》が切れた。

あとからあとから涙があふれて止まらなくなった。

「ゴメンナサイ……」

と、トマスは言った。

異国の青年も泣いていた。

おたねは涙をぬぐった。

泣いていても仕方がない。おゆめが嘆く。

「でも……」

おたねは懸命に続けた。

「あの子は、心の中にいるから。いまも生きてるから、わたしと一緒に。まぶたを閉じるだけで、あの子の顔が浮かんでくるから」

そこまで言うと、おたねはわっと両手で顔を覆った。

おゆめは夢屋ののれんになった。永遠の看板娘として、折にふれて新調されながら、夢屋の見世先を明るく飾っている。のれんになった娘に、おたねはいつも話しかけながら暮らしている。月日が経つにつれて、少しずつ悲しみは薄れてきた。

だが、それでも……。

時には悲しみの奔流が押し寄せてくる。

おゆめにはもう何もしてやれない。この手に抱くことができない。

そう思うと、五臓六腑がうつろになったような心地がする。

「ゴメンナサイ……」

トマスは重ねて言った。

心優しき青年の思いが伝わってきた。

おたねは何かを思い切るように顔から手を放した。

そして、言った。

「あなたにもしものことがあったら、故郷《くに》のお母さんもどんなに悲しむことでしょう。だから、養生がつとめだと思って、気張ってくださいね」

おたねの言葉はトマスに伝わった。

「オカアサンノ、タメニ……」

トマスは言った。

「そう。お母さんのために気張って」

やっと笑みが浮かんだ。

「……オカアサン」

トマスはそこにいる母に呼びかけるように言った。

六

誠之助と聡樹が戻ってきたのは、それから三日後のことだった。

ちょうど中食が売り切れようかという頃合いだった。

今日はいい筍《たけのこ》が入ったので筍御膳にした。

まずは筍ご飯だ。短冊に切った油揚げから出る油でしっかり筍を炒めるのが肝要で、塩胡椒はきつめにする。焦げ目がつくくらいに炒めると、釜のお焦げとあいまって実に香ばしい。

筍は天麩羅もうまい。やわらかいものは田楽にも向く。穂先は若竹椀に使う。それやこれやで、実に豪勢な膳になった。

「お、うまそうだな」

夢屋に戻るなり、誠之助が言った。

「お客さまが先ですよ、おまえさま」

おたねが言う。

「分かってるさ。あとで何かまかないを」

誠之助は厨のおりきに言った。

「はい、承知で。お疲れさまです」

いつも元気な女料理人が答えた。

「例の料理は分かりました？」

持ち帰り場から太助が問うた。

「ああ、さすがは象山先生だ」

と、誠之助。

「何で代用すればいいか、そこまで分かったよ」

聡樹が伝えた。

「さすがだねえ、象山先生は」

太助が感心の面持ちで言った。

「で、どうやってつくるんです？　おまえさま」

おたねが待ちきれないとばかりにたずねた。

「まあ、中食が終わってひと息ついてからで。少し休ませてくれ」

長旅から帰ってきたばかりの誠之助は軽く右手を挙げた。

やっと一段落つき、これから試作を始めようというとき、ちょうど夏目与一郎が入ってきた。

「そうかい、桑の実なら重畳《ちょうじょう》じゃないか」

誠之助の説明を聞いて言う。

「五月の半ばになれば桑の実も熟れるので、それまでに土台のところができればと」

誠之助は答えた。

「うまくすりゃ、持ち帰り場で売れませんかね」

太助が言った。

「『くれーぷ』っていう、えたいの知れないやつをかい？」

おりきがうさん臭そうな顔つきになった。

「そう。後の世には流行ってるかもしれないよ」

と、太助。

「そりゃそうかもしれないけど、いまの世じゃ流行らないよ」

おりきはにべもなかった。

「とにもかくにも、つくってみようじゃないか」

夏目与一郎が乗り気で言った。

「そうですね」

「やってみましょう」

おたねとおりきは腕まくりをした。

しかし……。

初めのうちは、とても形にならなかった。

クレープなる西洋おやきだけでも存外に焼き加減が難しく、焦がしたり、火の通りが悪かったり、なかなか要領がつかめなかった。

ちなみに、ベーキングパウダーは当時まだ開発が始まったばかりで、特許が申請されるのは二十世紀に入ってからのことだった。フライパンを用いることからその名がついたアメリカのパンケーキも、生地が薄手で硬かった。

おやきの部分もさることながら、難儀をしたのはふわふわの玉子のところだった。

「なかなかふわふわにならないねえ」

おりきが手を動かしながら言った。

さきほどから菜箸をむやみにかき回しているのだが、卵白は濁るばかりで雲のごときものにはならない。

「ああ、手が痛くなったよ」

おりきは手首を押さえた。

「じゃあ、替わりましょう」

今度はおたねがやってみた。

初めは一本の菜箸で試みたが、結果は同じだった。

そのうち、ふと思いついた。

「ほう、二本でやるのかい」

覗きこんでいた夏目与一郎が問うた。

「ええ、そのほうが細かな気が入るんじゃないかと」

おたねはそう答え、菜箸をもう一本つかんだ。

初めはうまくいかなかったが、持ち方をいろいろ替えているうち、だんだんいい感じになってきた。

「おっ、泡立ってきたぞ」

誠之助が身を乗り出した。

「日本のふわふわ玉子だから、やっぱり菜箸は二本だね」

「笑わせないでください、四目先生」

「へへえ」

そんな調子のやり取りがあって、しばらくすると、玉子の白身はだいぶ泡立ってきた。

「ああ、手が痛い」

おたねは動きを止めた。

「手がもたないよねえ」

と、おりき。

「いまの手の動きを見ていて思ったのですが」

聡樹が手を挙げた。

「何だい？」

誠之助が問う。

「大きな茶筅《ちゃせん》のようなものがあれば、楽に泡立てられるんじゃないでしょうか」

「ああ、なるほど」

おたねが先に答えた。

「それは名案かも」

太助が言った。

「じゃあ、雛屋さんに頼めばどうかしら」

おたねがさっそく段取りを進めようとした。

「そんなものを売ってるかい？」

誠之助は疑わしそうな顔つきになった。

「あそこは、なけりゃつくっちまうから」

夏目与一郎が笑みを浮かべた。

「なら、さっそく明日にでも行ってきます」

おたねが茶筅を動かすしぐさをした。

七

「三種をつくってみましたので、どうぞお試しください」

雛屋佐市が身ぶりをまじえて言った。

「まあ、ありがたく存じます。横浜の出見世でお忙しいところなのに」

おたねはていねいに頭を下げた。

「いえいえ。こういう新たなものづくりを意気に感じる職人がたくさんおりますので」

佐市がそう言って示したのは、茶筅を大きくしたような道具だった。

竹を細くして曲げて組み合わせたものだが、夢屋からの注文に従い、目の粗いものと細かいもの、その中程のものと三種もこしらえてくれた。

今日は白金村の杉造のところから玉子がふんだんに入った。中食は贅沢に黄身を衣に使った鯛と海老の天麩羅にした。いつもより衣に厚みがあってうまいとなかなかの好評だった。

「なら、さっそくやってみましょう」

おたねが厨に入った。

雛屋佐市と一緒に、杉田蘭丸も来ていた。今日は横浜で請われて外国人の肖像画を描いてきたらしい。

「じゃあ、前にも言ったけれど、トマスさんの肖像画も描いてあげてくださいな。お国に帰るときにいいお土産になるし」

ふわふわ玉子をつくる段取りをしながら、おたねが言った。

「ああ、いいですよ。でも、立っているところはまだ無理ですよね」

画家が問う。

「それはちょっとまだ、体に障るので。身を起こすくらいでしたら」

おたねはそう言って、届いたばかりの道具を手に取った。

「分かりました。では、何かのついでに」

蘭丸は笑みを浮かべた。

三種の道具を代わる代わる手に取って、おたねは卵白を泡立てた。うまくいきそうだったので、途中から貴重な砂糖を足した。

「わあ、雲みたいになってきた」

およしが声をあげた。

「前と違うね。いい感じだよ」

おりきが目を瞠る。

三種のうちでは、中くらいのものがいちばん泡立ちが良かった。初めに菜箸一本で試みたのとは比べものにならないくらい、ふわっとした仕上がりになった。

おやきもできた。

こちらも小ぶりの浅い平鍋を使ったらきれいにまとまるようになった。途中で一度ひっくり返すのが勘どころだ。

「よっ」

かけ声に合わせて鍋を振ると、おやきは物の見事に裏返った。

「うまいもんですね」

佐市が声をあげた。

「きれいな焼き色になってます」

蘭丸も目を細くする。

「なら、食い役はおいらが」

「そんなとこだけ持っていくのかい、太助」

おりきがあきれたように言う。

「ほんとは春吉にやらせたいんだけど、まだ無理だから」

太助はそう言って厨に歩み寄った。

「はい、出来上がり」

おたねは縁に桜の花びらが散らされたあでやかな皿に盛った。

もちろん、これも明珍の伊皿子焼だ。

おやきの上にふわりと雲のごときものをのせると、いい感じに仕上がった。

「ここに桑の実をのっけたら、たしかにうまそうだね」

おりきが言った。

「下のおやきとふわふわ玉子と響き合いますから」

おたねも和す。

「あっ、甘くてうめえや」

箸で割って口に運んだ太助が声をあげた。

「わたしにもひと口」

佐市が手を挙げた。

「そりゃあ、雛屋さんのおかげでできたようなものですから、ひと口と言わず」

太助が皿を渡した。

「うん……こりゃいけるね」

皿は次々に回っていった。

最後におたねも舌だめしをした。

「これなら、トマスさんも喜んでくださるかも」

ひとしきり味わってから、おたねは笑みを浮かべた。

八

さっそくその夕方、粥に加えてトマスの所望した料理も運んだ。

これまた善は急げで、蘭丸がトマスの肖像を描くことになった。もっとも、長いあいだ同じ姿勢を取らせるわけにはいかないから、墨で顔の造作を粗描きし、色は後でつけることになった。

寺子屋を終えた誠之助と聡樹も加え、四人で長屋に向かった。

「料理の名はどうするかな？」

坂を上りながら、誠之助が言った。

「そうねえ。仏蘭西ではクレープという名の西洋おやきに甘いふわふわ玉子をのせたものだけど」

おたねが首をかしげる。

「それに桑の実がのるんですから、なおさら長くなりますよ」

聡樹が笑う。

「トマス君のお母さんの味なんだから、米国母焼きでどうだい」

誠之助が言った。

「だいぶ短くなりましたね」

蘭丸が笑みを浮かべた。

「ほんとにお母さんの味に近ければいいんだけど」

おたねは少し案じ顔だった。

しかし……。

トマスの反応は上々だった。

見るなり、青年の瞳にそれまで見たことがない光が宿った。

「ハックルベリーはないから、いずれマルベリー、つまり桑の実で代用するつもりです」

誠之助が告げた。

「わが国でも、同じように甘酸っぱい果実がありますから」

聡樹が言い添えた。

「どうぞ召し上がってみてください。足りないところは遠慮せずに言ってね」

おたねは優しく言った。

「アリガトウ……」

絞り出すように言うと、半身を起こしたトマスは皿に手を伸ばした。

いくらか離れたところで、蘭丸が筆を動かしていた。

さまざまな角度からトマスの顔を描き写していく。実に鮮やかな筆さばきだ。

皆はかたずを呑んでトマスの舌だめしを見ていた。

病人が食べよいようにと、おたねはあらかじめ細かく切っておいた。

それをつまみ、ふわふわの玉子がたっぷりついたものを口中に投じる。

「いかが？」

おたねが問う。

トマスは口を動かした。

懐かしい食べ物は、思い出を呼び覚ます。

かけがえのない人たちと過ごした日々のことが、時を超えて、懐かしい味とともによみがえる。

答える代わりに、青年は続けざまに瞬きをした。

そのまぶたから、だしぬけにあふれ出すものがあった。

「……オカアサン」

と、トマスは言った。

「お母さんの味になってる?」

おたねも涙声で問うた。

うなずいた拍子に、ほおへ涙が伝う。

「マイ・マザー……オカアサン」

トマスはそう言うと、袖で顔を覆って泣きだした。

第八章　日米の架け橋

一

「なるほど、福沢君の言ったとおりだな」

誠之助が看板を指さして言った。

「蘭語より英語のほうがよほど多いんですね」

聡樹も驚いたように言った。

ここは横浜――。

五月の開港に向けて、普請《ふしん》の音がそこここで響いている。かつては静かな漁村だった場所は、にわかにその趣を変えていた。

「福沢君が、こりゃあいかん、これからは英語を学ばねばと思った心持ちがよく分かる」

誠之助がうなずいた。

「この目で読めない看板を見て、わたしもそう思いました」

いくらか上気した顔で、聡樹が言った。

「看板ばかりじゃない。通りを歩いていると、象山先生のごとき風貌の人が普通に歩いていたりするからな」

誠之助がそれとなく指さす。

「たしかに、先生の言われたとおり、街道筋に近い神奈川だと何かと悶着が起きるかもしれません」

と、聡樹。

「さすがは象山先生だ。余人には望むべくもない先見の明だな」

「ええ」

そんな会話をしているうち、一軒の見世の看板が見えてきた。

「おお、あれだ」

誠之助が指さす。

「絵師さんもいますよ」

聡樹が表情をやわらげた。

行く手に看板が見えてきた。

そこには、こう記されていた。

雛屋　hinaya

二

字ばかりでなく、眼鏡の絵も描かれていた。

これなら、何をおもにあきなっている見世か遠くからでも分かる。

「あとは見世を見ていただければ分かりますので」

雛屋佐市が身ぶりをまじえて言った。

売り物は眼鏡だけではない。ぎやまんの皿やグラス、煙管《キセル》に根付けに上品な染め物や扇子、それに蘭丸が描いた富士の絵まで、所狭しと並べられている。

「なるほど。これは目移りがしますね」

と、誠之助。

「異人さんも見えますか？」

聡樹がたずねた。

「ええ。銭勘定の仕方だけわたしも覚えましたよ」

佐市は笑みを浮かべた。

「それに、片言をしゃべれる店番さんもいるので」

蘭丸が奥を手で示した。

「いや、ほとんど身ぶりでございますが、字引をめくりながらやってます」

番頭の文助《ぶんすけ》という男が言った。

横浜の出見世は、この男がのちに切り盛りすることになるらしい。

「どんな字引です？」

誠之助がたずねた。

「はい、これでございます」

文助は一冊の書物を差し出した。

「ああ、またしても」

「ホルトロップか」

誠之助と聡樹の声がそろった。

「またしても、と申しますと？」

佐市が問う。

誠之助は象山のもとにもこの字引があったことを伝えた。

「そうでございましたか。あと一冊でしたら、ご用立てできますけれども」

佐市は急にあきんどの顔になった。

「値は？」

誠之助が短く問う。

雛屋のあるじは番頭の顔をちらりと見た。

そして、やや芝居がかったしぐさで片手の掌をぱっと開いた。

「五両か」

「はい」

福沢諭吉が購ったのと同じ値だ。

「月々の賦払いにはならぬものかな」

誠之助はそう切り出した。

「ようございますよ。夢屋さんは身元がこれよりないほど知れているのですから」

佐市は笑みを浮かべた。

「もし払えなければ、玄斎先生もおられますし」

蘭丸も言う。

「いや、それではおれの立場がなくなる。夢屋の仕入れを倹約して、利を出すようにしなければ」

誠之助は笑って言った。

「寺子屋のほうもわらべが増えてきましたから、どうにかなるでしょう」

聡樹も言う。

月々の払いは、かねてよりの付き合いということもあり、いたって控えめにしてもらった。まさに願ったり叶ったりだ。誠之助はさっそく手付けを支払った。

「では、少々お待ちください。裏手の蔵にございますので」

佐市がそう言って蔵に向かった。

あるじが外しているあいだに、ちょうど異人が通りかかった。

「マウント、フジ、プリーズ」

文助が物怖《ものお》じせず身ぶりをまじえて話しかける。

……暮糸《ぐれいと》
……はまち

そんな言葉が飛び交う。

そのうち佐市も戻ってきた。

「こちらが描いた先生です。一生の宝になりますよ」

したたる笑みで勧める。

商人とおぼしい異人は心を動かされたようで、ほぼ言い値で蘭丸の絵を購った。

「毎度ありがたく存じます。……三球《さんきゅう》」

横浜の雛屋の出見世で、あるじの声が高く響いた。

三

「それくらいの払いなら、夢屋を気張ってやれば大丈夫だから」

おたねは笑みを浮かべた。

「仕入れも倹約するので」

ほっとする思いで、誠之助は答えた。

「誠之助さんのことだから、その字引が打ち出の小槌《こづち》になるでしょうよ」

持ち帰り場から、太助が言った。

「それは英蘭だね」

夏目与一郎が指さした。

「ええ。これがあれば、字引をめくりながら会話ができそうです」

誠之助が答えた。

「和英のちゃんとした字引があればいいんだがね。普段の会話だけでも載っているようなものが」

「気が若《わけ》えなあ、四目先生」

一枚板の席の隣に座った善兵衛が言った。

「森山先生などはお忙しいから、字引をつくるのはとても無理でしょうね」

まかないの焼き飯を食しながら、誠之助が言った。

本邦初の和英辞書『和英語林集成』は、ヘボン博士によって慶応三年（一八六七）に上梓され、明治に入っても版を重ねた。

「まあとにかく、この字引を丸覚えするくらいの気で学びましょう、先生」

聡樹がいい目つきで言った。

「そうだな」

誠之助が引き締まった顔でうなずいた。

ほどなく、常連客がどやどやと入ってきて座敷に陣取った。

芝の浜の漁師たちだ。

網元の富次《とみじ》に漁師頭の浜太郎《はまたろう》、そのせがれで五人兄弟の筆頭の海太郎《うみたろう》など、海の男たちがそろっている。夢屋はたちまち活気づいた。

「差し入れで」

海太郎が見事な尾の張りの鯛をかざした。

「まあ、立派な鯛」

と、おたね。

「なら、さっそく浜鍋に」

おりきが笑顔で言った。

漁が終わったあと、陸に上がってこうして折にふれて呑みに来てくれる。

昨年のコロリでは、浜でもいくたりか亡くなった。漁師仲間は悲しみに包まれたが、それを乗り越え、日々海の幸を届けてくれている。

「おやすちゃんと文造《ぶんぞう》ちゃんはお達者ですか？」

酒を運びがてら、おたねは海太郎にたずねた。

夢屋と深い関わりがあったおやすは、海の男の女房になっている。文造はそのおやすの連れ子だ。

「おかげさんで。秋にはまた下に子ができるんで」

日焼けした顔がほころぶ。

「まあ、それは何より」

おたねのほおにも笑みが浮かんだ。

浜鍋ができるまでのあいだも、話の花が咲いた。とりわけ話題になったのは、先日品川に現れた阿蘭陀船のことだった。

「たまたま漁に出てたんで、肝をつぶしたよ」

浜太郎が言った。

「ほんとに、何じゃありゃと思ってよ」

「あんなでけえ船を持ってる国といくさはできねえさ」

「亜米利加の船はもっとでけえんだぞ」

「なら、鯨もいっぱい獲れるな」

そんな調子で、漁師たちがさえずる。

ほどなく浜鍋ができた。

ぶつ切りの葱や豆腐や白滝などを入れた豪快な鍋だ。それぞれが取り分け、醬油地のたれにつけて食す。

「あとでおじやにしますんで」

おりきが言った。

「玉子の黄身だけ余ってるので、ふんだんに入れさせていただきます」

おたねも和す。

「何で黄身だけ余ってるんだい？」

網元の富次から問われたから、おたねはトマスの母の味のことをひとわたり伝えた。

「なるほど、徳を積んでるじゃねえか」

網元はいいことを言った。

「でも、おいらは食いたくねえな」

「そりゃこっちのほうがいいぜ」

「日の本の漁師だからよ」

海の男たちはそう言って浜鍋に箸を伸ばした。

鯛があらかたなくなったとき、あわただしく夢屋ののれんをくぐってきた者がいた。

玄斎の弟子の玄気だった。

「トマス君が熱を出しまして」

青年は急いで告げた。

「まあ、それは……」

おたねは言葉に詰まった。

「風邪かい？」

夏目与一郎が短く問う。

「おそらくそうじゃなかろうかと」

「なら、大事はねえか」

と、善兵衛。

「でも、もともと伏せってたので」

おたねは案じ顔で言った。

「そうなんです。とにもかくにも、粥をお願いします。奥様が診ておられますので」

玄気が告げた。

「お父さんは忙しいの？」

おたねが問う。

「人任せにできない患者さんが何人か来てるもので」

「分かったわ。お粥ができたらすぐ行きますから」

おたねはそう告げて厨を見た。

おりきはもう粥づくりの手を動かしはじめていた。

四

「とにかく、安静第一ね」

娘に向かって、志田津女が言った。

トマスは眠っていた。

その額に、濡れた手拭いがかぶせられている。

「お薬は？」

おたねはたずねた。

「半刻（約一時間）前にのんでもらったから。今後も食事の後にお願い」

津女は言った。

「うん、分かった。お粥はどうしよう」

おたねは倹飩箱を指さした。

「そうねえ。何か胃の腑へ入れたほうがいいんだけれど」

「起こすのもかわいそうかな」

以前よりまたこけてしまったように見えるトマスのほおを痛ましく見つめながら、おたねは言った。

すると……。

そのやり取りを聞いていたかのように、トマスがまぶたを開けた。

二度、三度と瞬きをする。

「……マザー？」

唇が弱々しく動き、声がもれた。

「気がつきました？」

おたねは声をかけた。

そちらのほうへ、顔がゆっくりと動いた。

その痩せ衰えた顔に、まぎれもない落胆の色が浮かんだ。

おたねは察した。

トマスさんは夢を見ていた。

故郷に帰り、お母さんに再会した夢を見ていた。

でも……。

その夢はいま醒めてしまった。

わが身がいるのが遠い異国の地だということに気づいてしまった。

その胸の内を思うと、なかなか言葉が出てこなかった。

「お粥ができてますよ」

代わりに津女が言った。

トマスはかすかにうなずいた。

「さ、お身を起こしましょう」

おたねが優しく声をかけた。

二人がかりで身を起こしてやる。

トマスはほっと息をついた。

「まあ、熱が」

額に手を当てたおたねは眉間にしわを寄せた。

トマスの熱は、思ったよりずいぶん高いようだった。

「少しでも、胃の腑に」

津女が言う。

トマスはまた弱々しくうなずいた。

おたねはひと匙ずつお粥を与えていった。

「橇《そり》……」

ほんの三口食べただけで、トマスはおたねを制した。

「もういいの？」

おたねは案じ顔で訊いた。

異国の青年がうなずく。

津女が目配せをした。

無理に食べさせなくてもいいから。

母の顔はそう告げていた。

「じゃあ、背中を拭きましょう。井戸水を汲んできたから」

無理に笑みを浮かべて言うと、おたねは冷たい井戸水に手拭いを浸した。

顔から首筋、それに骨張った背中を順々に拭いていく。

トマスはまた太息をついた。

「アリガトウ……オタネサン」

青年はおたねの名を呼んだ。

「どういたしまして」

本当は「お母さん」と言いたかったかもしれない。もしそうなれば、どんなにかいいだろう。

しみじみとそう思いながら、おたねは答えた。

また二人がかりでゆっくりと寝かせる。

「では、ゆっくり眠ってください。眠るのがいちばんですから」

津女が身ぶりをまじえて告げた。

トマスがうなずく。

その額に、おたねは新たに絞った手拭いをのせてやった。

青年がまぶたを閉じる。

だいぶ長くなってきた茶色い髪を、おたねはやさしくなでてやった。

五

五月になった。

トマスの風邪はずいぶん長引いたが、どうにか熱は下がった。

しかし……。

身の衰えは見るに忍びないほどで、玄斎と津女の診立ても芳しくなかった。

夢屋ののれんをしまったあと、おたねは近くの不動へ百度を踏みに行くことにした。

トマスは耶蘇《やそ》教だから、そんな神信心が効くかどうかは分からない。でも、もし実の母ならば、息子の平癒を願ってきっとそうすることだろう。

そう思うと、もう矢も楯もたまらなかった。

「桑の実はそろそろかしら、おまえさま」

おたねは誠之助に問うた。

「まだ熟れてはいないだろう。半ばを過ぎないと」

誠之助が答える。

「お父さんの口ぶりだと、いつ何があってもおかしくないと……」

沈んだ声で、おたねは告げた。

「これぱっかりはな」

誠之助はため息をついた。

「何かトマスさんの気の張りになるようなことがあればいいんだけど」

おたねは小首をかしげた。

「まずは、米国母焼きか。桑の実が熟れれば、いちばん上にのせられるから」

と、誠之助。

「そうね。あとは……」

トマスの顔を思い浮かべながら思案しているうち、ふとあることを思いついた。

誠之助に告げてみると、できる手はすべて打ってみればいいという答えが返ってきた。

「なら、蘭丸さんに言ってみる」

「ああ」

夫婦の会話はそこで一段落した。

六

「さすがは蘭ちゃんだねえ」

太助が感に堪えたように言った。

「そりゃあ、絵描きだから」

まんざらでもなさそうな顔で、蘭丸が答える。

おたねの注文に、蘭丸は二つ返事で応じてくれた。すでに顔の造作などは粗描きしてある。いざ描きだすとあっという間に仕上がったという話だった。

「これできっと良くなるよ」

絵を見たおりきが太鼓判を捺した。

「長屋で寝てるばっかりじゃ、気の張りがないからね」

一枚板の席から、夏目与一郎が言った。

「なら、さっそく運びますかい？」

「ついでだから乗っけていきますよ、おかみさん」

ちょうど遅い中食に立ち寄った江戸兄弟が言った。

中食の鯛刺し膳は売り切れてしまったから、やむなく甘藍焼きうどんになった。

「鯛刺しのほうが良かったなあ」

「ま、これも毒じゃねえからよ」

甘藍を育てた夏目与一郎の前だが、駕籠屋はぶつくさ言いながら食べていた。

「はい、玉子粥できたよ」

おりきが言った。

「承知」

おたねが短く答え、倹飩箱に歩み寄った。

「あー、そっちのほうが良かったな」

江助が声をあげた。

「もう食っちまったよ、甘藍焼きうどん」

戸助もあいまいな顔つきで言う。

「そんなことを言ったら、胃の腑で甘藍が大暴れするぞ」

半ばおどすように夏目与一郎が言った。

「うへえ」

「それだけはご勘弁を」

江戸兄弟は顔をしかめて腹を押さえた。

「じゃあ、悪いけど長屋まで」

おたねは支度を整えてから言った。

倹飩箱のほかに、額に入った蘭丸の絵もある。行きは駕籠だとありがたい。

「あいよ」

「お安い御用で」

「動いたら甘藍もこなれまさ」

江助がそう言って、また腹に手をやった。

七

「いいものをお持ちしました、トマスさん」
おたねが笑顔で告げた。
「コレハ……」
碧い目が驚きに見開かれた。
「蘭丸さんに描いていただいたの。早く良くなって、こんな凜々《りり》しい姿になってください
ね」
おたねは額に入った絵を指さした。
日本と米国。
二つの国の地図が下のほうに描かれている。図譜の仕事も多くこなしている蘭丸にとっ
てみれば、さほど難しいものではない。
その両国をつなぐように、長い橋が描かれている。これは両国橋《りょうごくばし》を模したものだ。本
来は武蔵《むさし》と下総《しもうさ》の両国だが、画家の才知によって、日本と米国へと巧みに換骨奪胎されて
いた。

その橋の中程に、トマス・ホジスンがたたずんでいた。

海兵の制服に身を包み、茶色の髪を風になびかせている。

こけていたほおは戻り、目には若々しい意志の光が宿っていた。

「コレガ、ワタシ……」

トマスはそう言って瞬きをした。

「そうよ。トマスさんはこうなるの。必ず治るの」

おたねは気をこめるように言った。

トマスはゆっくりとうなずいた。

「この橋のように、二つのお国の架け橋になってくださいね。だから……」

おたねは玉子粥の椀を取り出した。

「少しでも食べて、養生してください」

おたねはそう言って、トマスの身を起こしてやった。

「……ハイ」

トマスの顔に、やっと笑みが浮かんだ。

第九章　桑の実が熟れる頃

一

「八王子へ行くつもりだったんだが、行き先変更だな」

届いたばかりの文を読みながら、誠之助が言った。

「桑の実ですか？」

聡樹が問う。

「そうだ。松代の幸田源兵衛どのから書状が届いた。鬼怨《おにおん》が初めて収穫できたし、桑の実も熟れてきたから、都合がつけばお越しくださいという文だ」

誠之助は答えた。

「それは願ったり叶ったりですね」

弟子は笑みを浮かべた。

「ああ、それだったら……」

座敷に鰹のたたきを運んでから、おたねが言った。

「象山先生のところにも行くわね、おまえさま」

誠之助に問う。

「そりゃ、用人だけを訪ねることはないさ」

「なら、トマスさんの病状を詳しくお伝えしたら、何かいいお知恵をいただけるんじゃないかしら」

おたねは言った。

トマスの容態は、相変わらず芳しくなかった。

父の玄斎も打つ手がないようだった。

覚悟はしておくようにと言われたから、夜ひそかに枕を濡らしたこともある。

「なるほど、名医のほまれ高い象山先生なら、起死回生の手を打っていただけるかもしれませんね」

聡樹は望みを語ったが、誠之助の顔つきは曇ったままだった。

「しかし、玄斎先生だって名医だ。あの先生が半ば匙を投げているわけだからな」

誠之助は首をひねった。

「人事は尽くして、天命よ」

座敷から明珍が言った。

「そうそう、駄目でもともとで」

「名薬を持ってるかもしれませんや、先生は」

陶工たちも言う。

「そうだな。では、一筆書いてもらってくれ」

誠之助はおたねに言った。

「じゃあ、さっそくあとで」

おたねはすぐさま答えた。

二

「さあ、早く帰んなきゃ」

持ち帰り場の掃除を終えた太助が言った。

春吉が熱を出したので、およしは休んで長屋で看病していた。太助は気が気でない様子だ。

「今日は忙しかったね。看板娘と二役だったから」

粥の支度をしながら、おりきが言った。

「娘、ってのがちょっと」

と、太助。

「いいんだよ。もとは娘なんだから」

そんなやり取りを聞きながら、おたねはのれんをしまっていた。

閉めるにはいささか早いが、誠之助と聡樹は明日もう発《た》つことになっている。ちょうど客も途切れたから、早じまいすることにした。

ほどなく、支度が整った。

「わたしは火を落としてから帰るので」

おりきが言う。

「なら、ひと足お先に」

おたねはそう答えて倹飩箱をつかんだ。

「おいら、気になるんで先に」

軽く右手を挙げると、太助は伊皿子坂を急いで上っていった。

「はいよ」

おたねが続く。

太助の背は見る見るうちに小さくなっていった。子を思う親の情が伝わってくる歩き方だった。

それを見るにつけ、また胸が締めつけられるような心持ちになった。

いま長屋で伏せっているトマスさんの姿を知ったら、親御さんはどう思うだろう。すぐにでも海を渡って、その手で看病したいと思うに違いない。

米国のアイダホというところにいるトマスの両親のことを思うと、おたねは何とも言えない気分になった。

長屋に着いた。

トマスはよく眠っていた。

その胸がかすかに動いているのを見ると、おたねはほっとひと息ついた。

このところ、毎日こんな按配だった。

玄斎が「覚悟」などと言うから、長屋を覗くだけで心の臓がどきどきする。もしものことがあったら、と思ってしまうのだ。

「あっ、おかみさん」

太助が姿を現した。

「どう？　春吉ちゃんは」

「おかげさんで、熱は下がったみたいです」

太助は告げた。

「そう。それは良かった」

おたねはほっとしたように言った。

「トマスさんは？」

「よく寝てる。あ、そうだ、悪いけどお父さんから文をもらってきてくださる？」

おたねは頼んだ。

「象山先生に宛てた文ですね？」

太助は心得て問うた。

「そう。たぶんできてると思うから」

「承知」

太助はいい声で答えた。

三

「象山先生に読まれるかと思うと、筆を持つ手がふるえたよ」

文は玄斎が自ら持ってきた。

ちょうど診療が一段落ついたところのようだ。

「文の中身は話せないのかしら」

おたねが問うた。

「そんなことはないさ。まあ、いままでの療治の経過と、患者の身の丈や脈の数など、象山先生に判じていただくためになるたけ事細かに記しておいたんだがねえ」

玄斎はそう言って、トマスのほうを見た。

病人はまだ目をさまさない。このままずっと眠りつづけてしまいそうな、いかにも案じられる様子だった。

「象山先生のお力に頼るしかないわねえ」

おたねは力なく言った。

「いや……」

玄斎は何か言いかけて口をつぐんだ。

父が何を言おうとしたのか、おおむね察しがついたから、おたねはまた暗い心持ちになった。

しばし間があった。

「起こすか」

玄斎が言った。

「ええ。お粥が冷めるから」

おたねはうなずいた。

二人は枯れ木のようなたたずまいの青年を起こした。

まず玄斎が診察する。

胸をはだけ、心の臓の音を聴き、脈を取る。

「はい……いいでしょう」

医者は落ち着いた口調で言った。

「このまま、養生を続けましょう」

玄斎はそう言うと、おたねに目で合図をした。

「さ、お粥を」

おたねは笑みを浮かべて、匙をトマスの口元に運んだ。

ゆっくりと食す。

「では、あとを頼む」

玄斎は腰を上げた。

おたねがうなずく。トマスもわずかに頭を下げた。

「そうそう、桑の実がそろそろ手に入りますよ。日の本のハックルベリーが」

少しでも元気づけようと思い、おたねは言った。

トマスが顔を上げる。

「おやきとふわふわ玉子の上に、桑の実をのせたものをつくってお持ちしますから。それで、お母さんの味に近づくはず」

おたねはそう言って、また匙を口元に運んだ。

トマスが弱々しく口を開いて食す。

「お母さんの味を食べたら、病なんて、たちどころに退散しますから、望みを持って養生してくださいね。トマスさんには、まだこれからたくさんやらなければならないことがあるんですから」

おたねは絵に描かれた青年を指さした。

日米の架け橋の上に立つ凛々しい姿だ。

「オカアサン……ユウベ、キマシタ」

トマスはかすれた声で告げた。

言葉は足りないが、言わんとすることは察しがついた。

「夢でお会いしたのね？」

おたねが問うと、異国の青年は静かにうなずいた。

そして、おたねを見て言った。

「モウ、イマセン……デモ……」

トマスは言いよどんだ。

「でも？」

おたねが先をうながす。

「オタネサン、オカアサン……ニッポンノ、オカアサン」

碧い目に涙をいっぱいためて、トマスは言った。

「そうよ。わたしが……」

おたねは束の間横を向いた。

素早く袖で目を拭い、無理に笑顔をつくって続ける。

「日本のお母さんよ。だから、何も案じることはないから。あなたの身の内の悪いものは、わたしの料理で追い出してあげるから」

おたねの声に力がこもった。

トマスが瞬きをする。

「だから、もっと食べて」

おたねは玉子粥の椀を少し近づけた。

「ハイ……」

トマスはかすかな笑みを浮かべた。

四

「身の内に瘍《よう》ができているようだな」

玄斎の文を子細にあらためてから、象山は言った。

「患者を診ずとも、お分かりになりますか」

誠之助が小声で問うた。

例によって、夜陰に乗じて聡樹とともに忍んできた。玄斎の文を渡し、いまトマスの病状について問うたところだ。

「然り。己はいままであまたの患者を診てきた。大部の医学書も繙いた。それくらい分からなくてどうする」

象山は傲然と言い放った。

「では、その瘍を取り去れば、やがては本復に到るのでは？」

聡樹が問うた。

「言うは易く、行うは難し」

象山の目つきがいっそう険しくなった。

「頑健な身の者に生じた瘍であれば、優れた外科医の腕と道具をもってすれば首尾良く剔《てっ》抉《けつ》することもできよう」

象山はおのれの胸を一つたたいた。

本道ばかりでなく、象山には外科の心得もあり、手術道具もいろいろと考案していた。医者としても、象山は万能の人だった。

「さりながら、病み衰えた者にさような手術を施すことはできぬ」

師の言葉に、誠之助は沈痛な面持ちでうなずいた。

「さらに言えば、瘍は一つではなく、身の中で飛び火をしているがごとき様相を呈していと思われる」

「飛び火を」

「然り。志田玄斎どのの診立てに間違いはなかろう。箇にして要を得た、範とするに足る文書であった」

象山は文をたたんで言った。

「では、もはや打つ手はないと」

誠之助は少しひざを詰めた。

いくらか沈黙があった。

魔王のごとき風貌の男が思案に沈む。それゆえ、なおさら間が重く感じられた。

「……ある」

地の底から響くような声だった。

「ございますか」

「それはどんな手立てでございます？」

誠之助と聡樹は勢いこんでたずねた。

象山は右の手のひらを開き、「待て」と告げた。

「病人を治す手立てではない」

それを聞いて、誠之助の肩がいくらか落ちた。

「と申しますと？」

聡樹が問う。

「治る望みがないとすれば、あとはできるだけ苦しみを除去してやることだ。それも療治の一環と言えよう」

象山は答えた。

「でき得べくんば、望みのない病床にあり、いままさに死んでいく身であっても、この世に生を享《う》けて幸福であった、と諦念《ていねん》して目を瞑《つむ》らせてやりたきもの。たとえそれが、短くも儚き人生であったとしても」

師の言葉に、誠之助はいくたびも瞬きをした。

あのときのおゆめの死に顔が、だしぬけによみがえってきたのだ。

たった三つで死なせてしまったわが子だ。

「人の一日は、一生の如《ごと》し」

象山は言った。

「一生、でございますか」

喉の奥から絞り出すように、誠之助は言った。

「然り。その日その日を一生と思い、思索に耽《ふけ》るべし。その一日一生の思いは、たとえ現《うつ》し身《み》は果てようとも、風になり、水になり、またどこかで新たな命に宿るであろう」

象山の言葉は、誠之助の心の深いところへしみわたっていった。

五

「これでございますよ」

幸田源兵衛が筵《むしろ》を指さした。

葱を太くしたようなものと、白く大きな繭《まゆ》のごときもの。見たことのない野菜が載せられている。

「これは……どれを食べるのです？」

誠之助が問うた。

「おそらくは、繭のごときものでしょう。葱のようなところはごわごわしていて、どうもまずそうです」

佐久間家の用人が言った。

「もう召し上がってみたのですか？」

今度は聡樹がたずねた。

「それがですねえ」

源兵衛は渋い顔つきになった。

「繭のごときものを妻が切ってみたのですが、とたんに目にしみてわっと涙が流れてきたらしくて、二度とこりごりだと言われましてな」

「毒があるのでしょうか」

誠之助が眉をひそめる。

「よく洗ったら、目は何ともなかったようなのですが、こんなものは怖くて料理できないと」

用人は苦笑いを浮かべた。

「なるほど。なかなか手強そうですね」

と、誠之助。

「葱の化け物のようなものはいかがでしょう」

聡樹が指さした。

「それがずいぶん丈高く育って、いくらか枯れてきたところでぱたりと倒れましてな。その根のところに白い繭のごときものができていたのです。おそらくはそれが鬼怨なのだろうと」

源兵衛は自信なさげに言った。

「古くはへぶらいでも食べられていたというものですね?」

誠之助が言った。

「ええ。ですから、正しい料理の仕方を行えば、十分に食用になろうかと。ただし、うちの者はみな尻込みしておりますので」

用人はあいまいな顔つきで告げた。

「分かりました。では、夢屋に持ち帰り、いろいろ試してもらうことにしましょう」

誠之助は囊《ふくろ》を手で示した。

「どうかよしなに。いい料理法が分かったら、ご教示ください」

「承知しました」

話はそこで一段落した。

「で、肝心の桑の実ですが……」

鬼怨もさることながら、そちらのほうが主たる目当てだ。

「はい。だいぶ熟れてまいりましたよ。桑畑の主とは見知り越しの仲なので、さっそくご案内しましょう」

用人の表情が晴れやかになった。

「恐れ入ります。では」

誠之助は弟子を見た。

「楽しみです。参りましょう」

聡樹が白い歯を見せた。

六

風に桑の実が揺れている。

まだ白いもの、半ば紫に染まったもの、そして、美しく赤紫に熟れたもの。とりどりの色の実を、初夏《はつなつ》の光が恩寵のように照らしていた。

「ずいぶん広い桑畑ですね」

誠之助が見渡して言った。

「松代では指折りの広さでしょう」

源兵衛が笑みを浮かべた。

旧知の仲の由蔵《よしぞう》という男が、熟れた実だけを選んで手際よく摘んでいる。さすがは慣れた手つきだ。

「漬け物用の蓋付きの壺《つぼ》に入れて運べば、そう悪くはならないでしょう。お貸しますので」

源兵衛が言った。

「何から何まですまないことで」

誠之助が頭を下げた。

「なんの。これで亜米利加のお母さんの味になってくれればいいんですが」

気のいい用人が言った。

ほどなく、収穫が終わった。

「熟れた実だけで籠《かご》が一杯になりましたよ」

由蔵が日焼けした顔をほころばせた。

「さっそく召し上がってみてください」

源兵衛が身ぶりをまじえて言った。

「では、一つ」

「わたしも」

誠之助と聡樹は口に運んだ。

「……おお、甘酸っぱい」

誠之助は声をあげた。

「うまいですね」

聡樹が笑う。

「桑の実を食べるのは、ずいぶん久しぶりだな」

「ええ、わらべのとき以来です」

にわかに話が弾んだ。

「あんまりたくさん食べると、舌も唇も紫色に染まってしまいますよ」

源兵衛が笑みを浮かべた。

「われわれが食べるために摘んでもらったわけじゃないからな」

誠之助が言う。

「ええ、分かってます、ほどほどに」

聡樹はうなずいた。

「酸っぱさのなかに甘さもある。まさに、人生の味ですな、これは」

用人も味わいながら言った。

「そうですね。ともかくこれがトマス君の胸に響いて……病が少しでも良くなればいいんですが」

象山の言葉も思い浮かんだが、誠之助はあえて望みをこめて言った。

「では、急いで運びましょう、先生」

聡樹がうながした。

「そうだな。一刻も早く食べさせてやりたいものだ」

誠之助は引き締まった顔つきで答えた。

七

「あっ、帰ってきましたよ、誠之助さんたち」

持ち帰り場から、太助が大きな声をあげた。

おたねはあわてて飛び出した。

「おまえさま」

待ちきれないとばかりに呼びかける。

「どうした？」

誠之助が訊いた。

「トマスさんの具合が悪くて。お父さん、今日明日が峠かもしれないって」

おたねはおろおろしながら答えた。

「桑の実はもらってきたぞ」

「よく熟れてます」

聡樹も言った。

「なら、母焼きを……」

おたねは「まだ間に合ううちに」という言葉をぐっと呑みこんだ。

具合が悪いという知らせを聞いて、今日は朝から二度、トマスのもとへ足を運んだ。口を半開きにしたトマスは、もう息をするのも苦しそうだった。見ているだけでつらかった。つらくて続けざまに涙が出た。

とにもかくにも、母焼きを急いでつくることにした。

これが最後の望みだ。

「おりきさん、おやきをお願い。ふわふわ玉子はわたしがつくるから」

おたねは厨に言った。

「あいよ」

おりきがすぐさま請け合った。

「朝からばたばたしてるんだよ」

一枚板の席から、夏目与一郎が誠之助に伝えた。

「そうですか。鬼怨という南蛮わたりの野菜も手に入れてきたんですが、それどころじゃないですね」

誠之助の顔に憂色が浮かぶ。

「桑の実はどうかな」

聡樹が漬け物用の壺を取り出した。

みなで一粒ずつ味見をする。

「おいしい」

およしがまず言った。

「うん、よく熟れてるな」

夏目与一郎がうなずく。

「うまいよ、トマスも喜ぶよ」

半ば涙声で、太助が言った。

おたねは玉子の白身を泡立てていた。

トマスの実の母だと思って、心をこめて、砂糖を足し、思いも足して、ふわふわ玉子をつくりあげた。

「はい、上がったよ」

おりきが言った。

「こっちもできた」

おたねがふっと息をついた。

おやきの上に、ふわふわ玉子をのせる。

「仕上げだな」

誠之助が言った。

おたねはひときわ大粒で色合いのいい桑の実を選んだ。

そして、祈るようにいちばん上にのせた。

「……できた」

トマスの思い出の料理が、やっとできた。

「よし、運ぼう」

誠之助が倹飩箱を取ってきた。

「ええ」

おたねは短く答えた。

八

長屋には津女がいた。

「どう？　お母さん」

おたねが問う。

女医は力なく首を横に振った。

もしや、と思ってトマスを見たが、胸はまだかろうじて動いていた。

「トマスさん、桑の実が熟れましたよ。お母さんの味ができましたよ」

おたねは声をかけた。

返事はない。

長屋に運ばれてきたときより、異国の青年はさらに痩せ衰えていた。

「どうする？」

倹飩箱を下ろした誠之助が問うた。

信州へ行っているあいだに、病勢はさらに募っていた。物を食べる力が残っているかどうかも怪しい。

「食べさせていい？　お母さん」

おたねはたずねた。

津女は少し思案してから、身ぶりで「いいわよ」と伝えた。

「起こすか」

誠之助がたずねた。

うしろに聡樹も案じ顔で控えている。

おたねは母に目配せをした。

まずとんとんとトマスの額をたたく。なにぶん心の臓が弱っているから、いきなり起こすわけにはいかない。

いくたびか繰り返すと、トマスはようやく目を覚ました。

「気がつきました？」

津女が覗きこんで問う。

「お母さんのおやきができましたからね」

おたねは優しく言った。

「信州から桑の実をもらってきたよ。マルベリー、ハックルベリー」

誠之助がうしろから告げると、トマスの哀しげな瞳に光が宿った。

「ハクルベ？」

弱々しい声がもれる。

「そうよ。お国のものとは少し違うかもしれないけれど、甘酸っぱくてとってもおいしいから」

おたねが告げると、トマスのあごがほんの少し縦に動いた。

津女とおたねは、息をそろえて病人の上体を起こしてやった。

ふう、と一つトマスが息をつく。

「さ」

おたねは米国母焼きの皿を近づけた。

「おやきのところも食べられる？」

匙をつかんだまま問う。

「……スコシ」

トマスはか細い声で答えた。

「少しね」

おたねは匙で母焼きを小さく割り、桑の実をのせた。

「桑の実のお代わりもあるからね」

誠之助が言う。

「食べて」

おたねは匙を近づけた。

「口を開いて」

津女も声をかける。

「……ハイ」

トマスはおもむろに口を開けた。

「もう少し大きく」

桑の実がつかえてしまうから、おたねはそううながした。

トマスはそのとおりにした。

赤紫の実が、白いふわふわ玉子とおやきとともに口中へ消えた。

みながかたずを呑んで見守る。

トマスの口が、二度、三度と動いた。

「おいしい？」

こらえきれずに、おたねはたずねた。

青年の口がまた動く。

熟れた桑の実をかむ。

トマスは瞬きをした。目尻からほおへ、ひとすじのものがしたたっていく。

そのさまを見ていたおたねは、なぜか海を思い浮かべた。

トマスのほおへ伝った一粒の涙は、日本と米国のあいだに横たわる海に等しいように思われた。

「桑の実のお味はどう？」

おたねはさらに問うた。

「……オイシイ」

トマスは答えた。

「お母さんの味？」

「ソウデス……ハクルベ、ソックリ」

その答えを聞いて、誠之助と聡樹の目と目が合った。

信州へ足を運んだ甲斐があった。

「まだ食べる？」

おたねは笑みを浮かべてたずねた。

少し考えてから、トマスは首を力なく横に振った。

「じゃあ、また休みましょうね」

津女が言った。

おたねは母とともに、壊れ物を扱うようにトマスをあお向けにした。

また一つ、病んでしまった青年が息をつく。

「ゆっくり休んでね。桑の実はまだまだありますから」

おたねは言った。

トマスの唇がふるえるように動く。

「アリガトウ……オカアサン」

手もゆっくりと動いた。

その手を、おたねはしっかりと握った。

「そうよ。わたしはあなたの日本のお母さんよ。だから、何も心配しないで」

胸のつぶれる思いで、おたねは青年の手を握った。

トマスが握り返す。

たしかな力が伝わってきた。

九

トマスの容態が急変したのは、その日の晩のことだった。

そろそろ床に就こうとしていたおたねと誠之助は、あわてて夢屋にやってきた玄気から急を告げられた。

「長屋の患者さんの回診をしていた先生が気づいたんです。今晩保つかどうか」

玄気からそう聞かされ、おたねは目の前が真っ暗になったような気がした。

その手には、まだトマスの手の感触が残っていた。

「急いで行きます」

おたねはさっそく支度を始めた。

枕元には玄斎も津女もいた。

ともに憂色が濃い。

おたねがまなざしで問う。

父は黙って首を横に振った。

すでに死に水が用意されていた。

父も母も、いままでいくたりもの患者の死を看取《みと》ってきた。その診立てに間違いはあるまいと思うと、おたねはわっと泣きだしたいような気分になった。

トマスは両目を閉じていた。

その目はもう開かれないかもしれない。

そう思うと、胸がひどく苦しくなった。

「トマス君」

眠っている青年に向かって、誠之助は言った。

「一日一生の思いで生きよ、と象山先生は言われた。一日、いや、たとえ一時、一瞬の思いであっても、それは必ずどこかへ伝わっていく。人の思いというものは消えないんだ、トマス君」

おそらく聞こえていないだろう青年に向かって、誠之助は懸命に語りかけた。

「トマスさん……」

おたねは青年の手を握った。

まだかろうじて温みがあった。

両手で包みこむように握る。

その手の甲に、涙がしたたり落ちていく。

どれほどそうしていたことだろう。

トマスがはっとしたように目を開いた。

「気がついたぞ」

玄斎が言う。

おたねはトマスの顔を覗きこんだ。

「気がつきました？」

もう顔は動かなかった。まなざしがかすかに揺れただけだった。

おたねは手に力をこめた。

トマスは握り返してこなかった。

それがたとえようもなくつらく寂しかった。

その代わり、唇がかすかに動いた。

「何？」

おたねが耳を近づける。

ややあって、声が聞き取れた。

その言葉が、おたねの心に清らかな水のように流れこんできた。

「……オタネサン、ニッポンノ、オカアサン」

トマスはそう言った。

「そうよ……お母さんよ。お母さんは、ここにいるよ」

必死の思いで、おたねは呼びかけた。

「……オカアサン」

子供に戻ったような声で、トマスは言った。

そして、しっかりしたまなざしでおたねを見た。

「アリガトウ、オタネサン……」

トマスは最期《さいご》にそう言った。

第十章　永遠のいのち

一

「どうしたの、ママ。パンケークなんかつくって」

ジョン・ホジスンが言った。

アイダホの畑に囲まれた一軒家だ。

「さっきうとうとしてたら、トム（トマスの愛称）が夢に出てきたの」

母のメアリーが少しあいまいな顔つきで答えた。

「トムが？」

畑を守っている長兄のジョンが驚いたように言う。

「そう。それでつくる気になって」

「お兄ちゃん、大好きだったもんね、ハックルベリーのパンケーク」

妹のシンディが言った。

「ぼくの分まで食べちゃって、けんかになったこともあるよ」

フォークを動かしながら、弟のビルが言った。

「そんなこともあったな」

父のジョージが笑みを浮かべた。

アイダホの農家から士官になり、大事なお役目で外国に出かけているトムは、家族みんなの誇りだ。

「いつ帰ってくるの？　お兄ちゃん」

シンディが無邪気にたずねた。

「さあ、いつかしら」

母が首をかしげた。

「船はもう着いてるかもしれんぞ」

父はそう言って、大きなパンケークをわしっとほおばった。

「港からここまでずいぶんかかるからね」

日焼けした長兄のジョンが言った。

「帰ってきたら、真っ先にパンケークをつくってやれ」

ジョージが言った。

「ええ、でも……」

メアリーは言葉を呑みこんだ。

夢に出てきた息子の顔は、いやに哀しそうだった。

「早く帰ってこないかな、お兄ちゃん」

ビルが言う。

「お土産、何だろう」

シンディが首をかしげた。

「日本って、何があるの？」

ジョンが父にたずねた。

「フジヤマっていうのがあると聞いた」

「じゃあ、それ」

「それって山だぞ」

父があきれたように言ったから、食卓に笑いがわいた。

だが……。

母はかすかに笑みを浮かべただけだった。

心に宿った気がかりな思いが晴れることはなかった。

二

夜になった。

洗い物を終えたメアリーは、ジャムの仕込みに取りかかった。

畑で採れるハックルベリーをふんだんに使った特製のジャムだ。

パンケークもそうだが、このジャムも息子はことのほか好きだった。いつもパンにたっぷり塗って食べていた。

トムが仕官して、田舎じゅうの評判になったとき、メアリーは自慢げにこう語ったものだ。

「うちの子は、しょっちゅうハックルベリーを食べてましたから。そのおかげかもしれません」

その果実を、メアリーはふと口中に投じた。

心なしか、いつもと味が違うような気がした。

甘酸っぱくておいしいが、慣れ親しんだハックルベリーの味ではなかった。
いぶかしく思い、もう一粒食べてみた。
これも同じだった。
ハックルベリーではない、いままで食べたことのない味だ。
どうしてこんな味がするのかしら……。
メアリーが首をかしげたとき、ふと玄関のほうから物音がした。
小石だろうか。何かがぶつかったような音だった。
メアリーは、はっとして玄関に向かった。
「トム……」
急いで錠を外し、玄関の扉を開ける。
にわかに風が吹きこんできた。
遠い彼方《かなた》から、ここまで吹いてきたような風だった。
月あかりの道が、ハックルベリーの畑の向こうまで続いていた。
その彼方に、人影が見えたような気がした。
いやに弱々しい影が、ゆっくりと右手を挙げた。メアリーの目にはそう見えた。
「どうした？」

ジョージが気づいて出てきた。

「あの子が……」

メアリーは行く手を指さした。

「帰ってきたのか」

ジョージは声をあげた。

しかし……。

いくら目を凝らしても、何も見えなかった。

息子の姿は、そこになかった。

月あかりの道が、ただしみじみと続いているばかりだった。

三

みなに看取られて、トマス・ホジスンは死んだ。

悲しみの夜が明けた。

トマスは日本の寺に埋葬されることになった。玄斎がしかるべき段取りを整え、翌《あく》る日、茶毘《だび》に付されることに決まった。

「遠回りになるけど、海に向かうわけにはいかないかしら、おまえさま」

憔悴《しょうすい》した顔のおたねが誠之助に言った。

「海を見せてやるのか？」

こちらも疲れた顔で、誠之助が問う。

「そう。海はお国にまでつながってるから」

おたねは答えた。

「分かった。浜の人に断って通ろう」

誠之助はそう請け合った。

トマスの棺は誠之助と聡樹もかついだ。おたねはそのあとを、思いにふけりながら歩いた。

網元の富次と漁師頭の浜太郎に掛け合うと、海の男たちは快く通してくれた。異人の棺などが通ったら汚れになるなどという薄情なことは言わなかった。

「じっくり見せてやんな。たましいだけ飛んでいくかもしれねえからよ」

「遠いよその国で死んじまって、かわいそうによう」

海の男たちもトマスの死を悼《いた》んだ。

雲一つなく晴れわたった日だった。

トマスの棺は、いったん小高い砂山の上に置かれた。

そこからは海が見える。彼方まで見渡すことができる。

「見える？　トマスさん」

青年がまだ生きているかのように、おたねは語りかけた。

「あの海の向こうに、トマスさんのお国があるの。お母さんが……」

そこで言葉が途切れた。

「いつか、帰れるさ」

少し間を置いて、誠之助は喉の奥から絞り出すように言った。

「そう、お母さんのもとへ。どんなかたちになっても……」

おたねはそう言って涙を拭った。

四

「そうか……痛ましいことだ」

夢屋の客が座敷で腕組みをした。

森山多吉郎だ。

トマスの死は誠之助が伝えにいった。もともとは森山からの依頼で、日本で療治をすることになったのだ。忙しい身ゆえ葬儀には呼べないが、まずもって伝えなければならない。

あいにく公務で不在だったため、あらかじめしたためておいた文を家人に渡した。

翌日の中食が終わったころ、森山は急ぎ足で夢屋ののれんをくぐってきた。おたねは寺子屋へ伝えに行った。

わらべたちは聡樹に任せ、誠之助は急いで夢屋に戻った。そして、トマスの臨終の模様をかいつまんで森山に伝えた。

「最期に、お母さんの思い出の料理に近いものはできたのですが」

おたねがそう言って目を伏せた。

「味の船に乗って、いまごろは亜米利加に帰ってるよ」

一枚板の席から、夏目与一郎が言う。

「味の船……いい言葉ですね、四目先生」

厨からおりきが珍しくしみじみとした口調で言った。

「ところで、トマス君の肖像画があるのですが」

誠之助が森山に伝えた。

「ほう、肖像画が」

「杉田蘭丸さんという絵描きさんが描いてくださったんです。お棺に入れてあげようという話もあったんですが……」

おたねはそう言って誠之助を見た。

「もしご家族のもとへどなたか届けられるのでしたら、故人を偲《しの》ぶよすがになると思うので」

誠之助はそう言葉を継いだ。

「それは拝見できますか」

森山は乗り気で言った。

「いま取ってきます」

誠之助はただちに腰を上げた。

そこで料理ができた。

「こんなのでいいかねえ？」

おりきが首をひねって出したのは、鬼怨の油炒めだった。

切ると涙が出る鬼怨に、さしものおりきも初めのうちは尻込みしていたが、やっといくらか慣れてきた。

もっとも、ごわごわした青いところは硬いばかりで、煮ても焼いても食えそうになかった。やはり、根元の丸いところを食すものらしい。

「鬼怨という南蛮わたりの野菜が手に入ったんです、森山先生」

外の様子をうかがってから、おたねは告げた。

「ほう」

「まだ料理の仕方がよく分からないのですが、油炒めがいちばんいいかと」

おたねは言った。

「うん、前の生よりはいけるな」

夏目与一郎が言った。

「生で食ったら、しばらく口の中が妙な感じだったんで」

持ち帰り場で太助が顔をしかめた。

「……なるほど」

臆せず箸をつけた森山がうなずいた。

「いかがでしょう」

おたねが問う。

「味つけにはもう一考あってしかるべきかもしれないが、肉などには合いそうですな」

通詞は言った。

「なるほど、肉に」

厨でおりきがうなずいたとき、誠之助が戻ってきた。

トマスの肖像画は、ていねいに紙に包まれていた。

五

「これは……いい絵だな」

現れ出でたトマスの肖像画をひと目見るなり、森山多吉郎は感に堪えたように言った。

「トマスさんが本復して、日米両国の架け橋になるようにという願いをこめて描いてもらったんですけど」

おたねはそう告げて唇をかんだ。

「よく描けている」

通詞はいくたびも瞬きをした。

「こうなれたはずなのにな……悔しいな」

太助が指さして言った。

厨ではおりきがおやきをつくりはじめていた。米国母焼きを通詞にも味わってもらいたかった。

「承知しました」

森山は唇を結んだ。

「トマス君の故郷に近い者は必ずいるはず。乗組員から探し出し、届けてもらうことにしよう」

通詞はそう請け合った。

「分骨もあるのですが」

おたねが言った。

「それも一緒に」

森山はすぐさま答えた。

ほどなく、おたねもふわふわ玉子をつくり、米国母焼きをつくりあげた。

「トマスさんは、最期にこれを召し上がってくださいました……」

おたねはかすれた声で告げた。

「マルベリー、だな」

熟れた実を見て、通詞が言う。

「松代からいただいてきました」

誠之助が告げる。
一つうなずくと、森山は米国母焼きを食しはじめた。
みなが無言で見守る。
ほぼ平らげたところで、森山はトマスの肖像画を見た。
「髪が風になびいているように見えるな」
通詞はそう言って、また続けざまに瞬きをした。
おたねも感じたような気がした。
架け橋の上に立つトマス。
その髪を揺らして吹きすぎていく、さわやかな風を……。

六

人の手から手へ、トマスの肖像画は渡っていった。
そして、紆余曲折を経て、アイダホのホジスン家に届けられた。
トマスの死を知らされた一家は深い悲しみに包まれた。
だが……。

悲しみの淵は時が経つにつれて浅くなる。安らぎの光が水底《みなそこ》を照らすようになる。ホジスン家では、折にふれてパンケークがつくられた。ハックルベリーの季節でなくても、母や妹はパンケークをつくった。ふわふわの甘いクリームがたっぷりのった、トマスの好物だ。

それが捧げられたのは、肖像画が飾られた暖炉の前だった。幾度も幾度も、パンケークは肖像画の前に置かれた。

人が逝《い》き、代が変わっても、その習わしが廃《すた》れることはなかった。

「これは、だれ？」

同じ血を引く子供たちが幾人も、肖像画を指さしてたずねた。

「トマスさんというご先祖だよ。とても優秀な方で、仕官されてお船に乗って、遠いお国まで出かけたんだ」

「いまのお国があるのは、トマスさんの働きのおかげなんだぞ」

年長の者たちはそう教えた。

「うーん、凄いね」

「ぼく、トマスさんみたいになる」

少年たちは瞳を輝かせて言った。

遠く離れた異郷の地で、不慮の病に倒れてしまったけれど、トマスは決して死んでいなかった。

日米の架け橋の絵になったトマス・ホジスンは、永遠のいのちを得たのだ。

第十一章　十増《とます》焼きと鬼怨《おにおん》練り焼き

一

「まだ桑の実が余ってるから、夢屋でお出ししましょう」

おたねが誠之助に言った。

トマスの初七日が終わったあとだ。

「そうだな。名はどうする？」

「トマス焼きでどうかしら」

おたねが案を出した。

「そうだな。故人を偲ぶにはちょうどいいかもしれない」

誠之助が答える。

「十に増で十増《とます》焼きと読ませればと」

おたねがさらに言う。

「それは縁起がいいな」

「じゃあ、四目先生が見えたら、字を書いていただきましょう」

おたねはやっと笑みを浮かべた。

そんな按配で、夢屋に新たな貼り紙が出た。

富《とみ》がつく
稀《まれ》に見る味
清《すが》しくも
八百万《やおよろず》の神
競《きそ》ふて食へり

美味無類
滋養強壮

十増焼き

海目四目の手になる入魂の貼り紙だ。

「こんなに凝らなくたって」

おたねが驚いたほどの凝りようで、頭《かしら》の一文字をつなげると「とますやき」が浮かびあがる。

「狂歌師にとってみりゃ、お手の物だからね」

夏目与一郎がうちわで煽《あお》ぐしぐさをした。

派手な貼り紙が出たから、持ち帰り場の太助とおよしも張り切って道行く人に声をかけた。

「甘いものがお好きなら、ぜひ召し上がっていってください、十増焼き」

「ほんと、桑の実と合っててほっぺが落ちそうですよ」

夫婦の息がそろう。

「どんな食いものだい、十増焼きって」

「おいら、甘いものはわりかた食うんだ」

通りかかった大工衆が足を止めて言う。

「言葉で言うと面倒なので、まずは召し上がってくださいよ」

太助はうまいあきないをした。

客の評判は上々だった。

甘いものに目がない娘たちものれんをくぐってくれた。

「ふわふわしたとこがおいしい」

「下のおやきと桑の実も」

「一緒に食べたほうがいいよ」

「桑の実がある、いまのうちね」

夢屋の座敷に笑顔の花がいくつも咲いた。

そんなわけで、好評を博した十増焼きだが、桑の実が尽きるまでに貼り紙が外されることになってしまった。

評判を呼んだのが、かえって仇になってしまったのだ。

二

「十増焼きをくれ」

ほおかむりで面体《めんてい》を隠した男が言った。

中食の終わり頃で、夢屋にはまだかなりの客がいた。そのせいで、おたねはいぶかしく思わなかった。

なりは小間物屋だが、男の言葉遣いはいやにぞんざいだった。

「お待たせいたしました。十増焼きでございます」

おたねは米国母焼きの名を改めたものを出した。

「ふむ」

男は一瞥《いちべつ》をくれると、まずふわふわ玉子のところを指ですくってなめた。

「これは……和の料理ではなかろう」

そう言うなり、男はほおかむりを脱いだ。

「ちっ」

持ち帰り場で、太助が舌打ちをする。

男の正体は、町方の隠密廻り同心、野不二均蔵だった。

南蛮わたりの料理を蛇蝎《だかつ》のごとくに嫌う、夢屋にとっては目の上のたんこぶのような男だ。

「この料理は……」

おたねは気丈に言い返そうとした。

「大通詞の森山多吉郎さまと親しかった亜米利加の士官さまにちなむ、由緒正しきものでございます」

「なに、亜米利加だと？　さような異国の蛮風を江戸のご府内にて広めるとは由々《ゆゆ》しきこと。金輪際《こんりんざい》、まかりならぬ」

頭の固い同心は語気を強めた。

「ですから、大通詞の……」

おたねはなおも言い返そうとしたが、野不二同心はならぬの一点張りだった。

「通詞などという者は、国賊のごとき輩《やから》であろう。国賊と共に謀《はか》り、異国の弊風を広めるのであれば、この見世ののれんは取り上げざるをえぬな」

小間物屋に扮した男は、上から見下ろすように言った。

「承知いたしました。十増焼きは今日限りといたしますので、どうかお許しくださいまし」

ぐっと唇をかんで、おたねは頭を下げた。

「二度とあきなうな。そのときは、のれんはなきものと思え」

そう言い残すと、野不二同心は大股でのしのしと歩み去っていった。

その後ろ姿が見えなくなったのをたしかめると、おたねは見世先にたくさん塩を撒《ま》いた。

三

「なんと、亜米利加へ」

誠之助が目を瞠《みは》った。

「そうですねん」

夢屋の座敷でにやりと笑ったのは、福沢諭吉だった。

「いったいどうやって乗組員になられたんです？」

聡樹も驚いたように問う。

福沢はよくぞ訊いてくれましたという顔つきになった。

「このたび、幕府は米国へ軍艦を派遣するという未曽有《みぞう》の決断を下した。艦長は軍艦奉行の木村摂津守《きむらせっつのかみ》や」

「その方と知り合いだったとか」

と、誠之助。

「いや、何のゆかりもない人でしてん」

福沢は身ぶりをまじえて言った。

「ただ、知り合いの近い親戚やと聞いたんで、頼みこんで紹介状を書いてもらい、当たって砕けろで『どうかお供に』と申し出たところ、わりと二つ返事で採ってくれたわけですわ」

福沢はそう言って笑みを浮かべた。

「なるほど。言ってみるもんですねえ」

誠之助はうなった。

「木村様のご家来衆は、行きたないのに行かなあかんと暗然とされているそうですわ。それやのに、進んで行かせてくれと手を挙げてきたやつがいたんで、木村様も『こいつ、おもろい』と思われたんでしょうな」

福沢は愉快そうに言った。

「勇気がおありですなあ」

誠之助が感心の面持ちで言った。

「おまえさまは駄目ですよ」

おたねがクギを刺す。

「ああ、分かってるよ」

誠之助は苦笑いを浮かべた。

「ところで、福沢さま」

おたねが勇を鼓したように歩み寄った。

「何でしょうか」

「鬼怨という南蛮わたりの野菜がうちに入ってるんです。もう残りはわずかなのですが」

おたねはそう告げた。

「ほう。それは拝見したいですね」

好奇心の塊《かたまり》のような男はさっそく身を乗り出してきた。

「では、持ってまいります」

おたねは見世の裏手に廻り、筵にくるんであった鬼怨を一個取ってきた。

「ほほう、これが鬼怨というものですか。わりとごっついなあ」

手のひらにのせて言う。

「生でかじらないほうがいいですよ。涙が出たり、口の中がいがらっぽくなったりしますから」

太助が言った。

「なるほど……これはどうやって食べるんです？」

福沢はしばらくためつすがめつしてから問うた。

「それをいろいろ試してるんですが、森山先生によると、お肉と合わせてみるとおいしいだろうという話で」

おたねは答えた。

「なるほど、通詞は物知りですからな」

そう言いながらも、福沢は半信半疑の面持ちだった。

「で、いまつくりかけてるのがあるんですが……」

おたねは厨を手で示した。

「べつに毒は入ってませんから」

手を動かしながら、おりきが笑う。

「鬼怨と肉を合わせたものですか？」

福沢が問う。

「ええ。どちらも細かく刻んで、俵みたいに丸めて焼いたらどうかなと話をしていたんですよ」

おたねが答えた。

「うちの常連さんに水を向けたんですが、断られたそうです」

誠之助は笑みを浮かべた。

夏目与一郎と隠居の善兵衛のことだ。

「さすがに、えたいの知れないものは食べられないと」

「四目先生にまで逃げられるとは」

と、おりき。

「甘藍の試食はいろいろさせるのにねえ」

おたねはいくらか不満そうな顔つきになった。

「で、しかるべき吟味役がいないから、進んで亜米利加へ行ったりするようなやつに白羽の矢が立ったわけですな」

大坂から来た快男児が言った。

「わたしも毒見をしますので」

「右に同じで」

誠之助と聡樹が右手を挙げた。

「では、おりきさん、三つ焼きましょう」

おたねが言った。

「あいよ」

女料理人が歯切れのいい返事をした。

四

「お待ちどおさまでした。鬼怨練り焼きでございます」

おたねが皿を運んできた。

「鬼怨と肉を練りこんで焼いたから、そういう名をつけたんですか」

福沢が問う。

「ええ。ほかに思いつかなかったもので」

おたねは答えた。

「ちょっと臭いな」

誠之助が顔をしかめた。

「ですよね」

聡樹の声が低くなる。

「これは何の肉です？」

さしもの福沢もすぐ箸をつけようとはしなかった。

「鶏肉をよくたたいて細かくしました」

厨からおりきが答えた。

「なるほど……これから咸臨丸《かんりんまる》で海を渡らなあかん。見たこともない食べ物も出る。こんなもんで臆してたら始まらん。いただきます」

意を決したように言うと、福沢は鬼怨練り焼きを箸で割って口中に投じた。

誠之助と聡樹も続く。

「いかがです？」

おたねが案じ顔で問うた。

「……ぶほっ」

答える代わりに、福沢は口に入れたものをやにわに吐き出した。

「これは臭い」

誠之助も顔をしかめる。

「中が焼けてないですね」

聡樹は泣きそうな顔になった。

「お茶を」

福沢は必死の面持《おもも》ちで言った。

よほどまずかったらしい。

「申し訳ございません。ただいま」

おたねがばたばたと動く。

「駄目ですかねえ、誠之助さん」

おりきが声をかけた。

「これを出したりしたら、夢屋はたちどころにつぶれるよ」

誠之助はそう言って首を横に振った。

「臭いし、ぱさぱさしてるし、どうも取り柄がないな」

福沢が忌憚なく言った。

「味もついてませんしね」

と、聡樹。

「何より火が通っていないのがいけない」

誠之助が引導を渡すように言った。

おたねとおりきの思いつきは悪くなかった。

ただし、肝心の腕が伴っていなかった。

つなぎも味つけもなく、生焼けのものを出されたのだからたまらない。夢屋の鬼怨練り焼きは一度きりで沙汰止《さたや》みとなった。

ハンバーグの名は明治期の書物に記載が見える。ただし、それは現在のハンバーグというよりステーキに近いものだった。

その後、大正末期から昭和初期にかけて、ハンバーグはようやく洋食店でなじみのあるものとなってきた。ただし、似たような食べ物のミートボールなどと同格で、抜きん出た人気があるわけではなかった。

戦後に復活したハンバーグは、高度成長時代に人気を博していった。

子供の一番人気のメニューといえば、長らく玉子焼きだった。「巨人・大鵬・玉子焼き」の一角だ。

その揺るぎない座を奪ったのがハンバーグだった。

それは、夢屋で不評の原型が試食されたおおよそ百年後のことだった。

終章　一日一生の光

一

「いよいよ残り一個かい？」

夏目与一郎がたずねた。

「ええ。あんまりいい料理ができなかったんですけど」

おたねが少し不満そうに答えた。

「鬼怨という名が良くなかったんじゃないかい？」

元与力の狂歌師が首をかしげる。

「たしかに。鬼が怨むじゃ怖すぎますし」

と、おたね。

「なら、どういう名がいいでしょうね」

寺子屋を終えたばかりの誠之助が言った。

「そうだねえ……葱の仲間みたいだから、根っこの形を見て……」

夏目与一郎は腕組みをした。

「繭葱か、葱繭とか」

聡樹が思いつきを口にする。

「それなら……葱玉のほうが」

おたねが言った。

「そのほうが言いやすいね」

おりきがただちに乗ってきた。

「じゃあ、決まりですね。葱玉、葱玉」

太助が歌うように言った。

「はふ、はふ」

よちよち歩きを始めた春吉が嬉しそうに声をあげたから、夢屋に和気が満ちた。

「でも、せっかく実った葱玉ですけど、用人の幸田源兵衛さんによると、どうしてあの畑だけうまくできたのか分からないという話で」

誠之助は伝えた。

「だったら、次があるかどうか分からないんだね」

夏目与一郎が言う。

「そうですね。ひょっとしたら、それが最後の一玉になってしまうかもしれません」

と、誠之助。

「じゃあ、どんな料理にします？」

おたねがだれにともなく訊いた。

「玉子焼き飯を食いたくて来たんだが」

誠之助が苦笑いを浮かべた。

「わたしもそうです」

聡樹も右手を挙げた。

「だったら、華はないけど、最後の一玉は焼き飯で」

おたねの右のほおにえくぼが浮かんだ。

二

「これがいちばんうまいな」

誠之助が言った。

「細かく刻んだ葱玉にも火が通っていて、とってもおいしいです」

聡樹も和す。

「醬油がいくらか焦げた味がいいね。うまいよ」

夏目与一郎も太鼓判を捺した。

ここで於六屋の職人衆が入ってきた。

せっかくだから小皿に取り分けて食べてもらった。

「ああ、こりゃうめえ」

「丼一杯だって食えるぞ」

櫛づくりの職人たちが言う。

「中食の膳に出たら、毎日だって食いに来るぜ」

かしらが笑みを浮かべた。

「ところが、今日で葱玉は終わりなんですよ」

おたねは申し訳なさそうに頭を下げた。

「なんでえ、間が悪いな」

「いくらでも売れるのによ」

「いい稼ぎを逃したな」

職人衆はそう言って惜しんでくれた。


結局、幸田家の葱玉は一年限りで、同じ実りを得ることはできなかった。

江戸時代は長崎わたりの観賞用だった玉葱が食用に供されるようになったのは、明治に入ってからのことだった。

まず札幌《さっぽろ》で試験栽培され、農学校の教官だったブルックスが本格的な栽培を始めた。

それからまもなく、日本人の農家も玉葱の栽培を始めた。

その後品種改良が繰り返され、今日《こんにち》の隆盛を迎えている。

三

安政六年も押し詰まってきた。

ある寒い日の夕まぐれ、玄斎がいやに暗い顔つきでのれんをくぐってきた。

「燗酒《かんざけ》をくれ」

おたねを見るなり言う。

「どうしたの？　お父さん」

異変を察して、おたねは問うた。

玄斎は答えず、一枚板の席に腰を下ろした。

隠居の善兵衛がおりきと話をしながらちびちび呑んでいるところだった。座敷の客は腰を上げ、持ち帰り場は帰り支度を始めている。

燗酒が来た。

隠居が注いだ酒を呑み干すと、医者はふっとため息をついた。

「何かあったの？」

おたねは重ねて問うた。

「患者に死なれるのは、何度立ち会ってもつらいものだね。ことに、天寿を全うしたわけではない患者は」

玄斎はそう言ってまた太息をついた。

「若死にですかい？」

善兵衛が問う。

玄斎はゆっくりとうなずいてから答えた。

「まだ九か月の男の子でね」

それを聞いて、およしが思わず春吉の顔を見た。

「風邪か何かですか？」

おりきがたずねた。

「胃に物を詰まらせたんだ。呑みこんじゃいけない大きなものを呑みこんでしまって、手の施《ほどこ》しようがなかった」

沈痛な面持ちで答えると、医者はまた苦そうに酒を呑んだ。

「それは、おかわいそうに……」

おたねが瞬きをした。

「小太郎《こたろう》君という、とても整った顔立ちの男の子でね。親御さんは目の中に入れても痛くないほどかわいがっていたんだ。その嘆きようは見ていられなかったよ」

「たった九か月でねえ」

隠居の声も沈んだ。

おたねの脳裏に、だしぬけにおゆめの顔が浮かんだ。

亡くなってからもうだいぶ経つのに、何かのきっかけがあると急に胸が苦しくなってしまう。

九か月の男の子を亡くした親御さんのことを思うと、おたねはたまらない心持ちになった。

「どういう声をかけてあげたんです？」

太助が問うた。

「いのちは死んで終わりではない。終わったところから、また始まる。生まれ変わってまた巡り合うこともあるだろう。それは人ではないかもしれない。猫や犬かもしれない。あるいは、風や水の流れにまぎれているかもしれない。だから、いまは前を向くことは難しいかもしれないが、いのちあるものをいつくしみながら歩んでいきなさい、と」

玄斎は一言一言に重みをかけて答えた。

「いい言葉だな」

隠居がしみじみと言う。

おたねもゆっくりとうなずいた。

四

次の休みの日、おたねは誠之助とともに浜辺へ出た。

どうしても海を見たくなったのだ。

「いまごろどうしてるかしら、トマスさん」

砂浜にたたずみ、寄せては返す波を見ながら、おたねは言った。

「郷里のアイダホに帰ってるだろう。もう苦しむことはない。たましいだけが鳥になって、懐かしいわが家に帰ってるころだ」

水鳥の白い羽を見ながら、誠之助は言った。

「そうね」

おたねがうなずく。

「短い一生だったけれども、象山先生の言われたように、一日一生の思いで生きたとすれば、途方もなく長い時を過ごしたことになる」

「たった九か月で亡くなった男の子も……」

おたねはそこで言葉を呑みこんだ。

おゆめだって、たった三つで死んだのだ。

「たった九か月でも、ご両親にとってみれば、夢のように濃密で幸せな時だったかもしれない。その男の子も、毎日毎日を一生懸命楽しみながら生きてきたんだ。人生を駆け抜けるのが、人より速すぎただけなんだよ」

「ゆめちゃんも、そうね」

おたねは涙声で言った。

「そうだ。人より速く駆け抜けてしまっただけなんだ。おのれを責めて、いつまでもめそめそしてたら笑われるぞ」

誠之助の言葉に、おたねは少し遅れてうなずいた。

ともに海を見る。

雲が切れ、御恩の光が差しこんできた。

海の青がよみがえる。

「きれいね」

おたねは海を指さした。

光を弾《はじ》きながらゆらめく海のたたずまいは、たとえようもなく美しかった。

「あの小さな波のゆらめきやうねりが一日だとする」

誠之助が指さして言った。

「広い海にまで出られた人生もあれば、狭い入り江で止まってしまった人生もある。それでも、海を照らす光は同じだ。みんな懸命にそれぞれのいのちを光らせながら生きたんだ」

「一日一生の思いで……」

またおゆめの面影を思い浮かべながら、おたねは言った。

「そうだ。海はそんな一日一生の光に満ちている」

誠之助とおたねのほおをかすめて、風が吹き抜けていった。

(ゆめちゃん……)

心の中で、おたねは死んだ娘に語りかけた。

(明日も、新たな一生のつもりで気張るわね)

雲がさらに切れ、海いちめんが光に満ちた。

その夢のような景色を、おたねと誠之助は並んでいつまでも見つめていた。

［主要参考文献］

現代語訳・料理再現　奥村彪生『万宝料理秘密箱』（ニュートンプレス）
島崎とみ子『江戸のおかず帖　美味百二十選』（女子栄養大学出版部）
料理＝福田浩、撮影＝小沢忠恭『江戸料理をつくる』（教育社）
小菅桂子『近代日本食文化年表』（雄山閣）

『復元・江戸情報地図』（朝日新聞社）
日置英剛編『新国史大年表　六』（国書刊行会）
斎藤月岑著、金子光晴校訂『増訂武江年表2』（平凡社東洋文庫）
江越弘人『幕末の外交官森山栄之助』（弦書房）
福沢諭吉著、富田正文校訂『新訂福翁自伝』（岩波文庫）
大平喜間多『佐久間象山』（吉川弘文館）
松本健一『佐久間象山　上下』（中公文庫）
紀田順一郎『横浜開港時代の人々』（神奈川新聞社）

西川武臣『亞墨理駕船渡来日記　横浜貿易新聞から』（神奈川新聞社）
喜田川守貞著、宇佐美英機校訂『近世風俗志』（岩波文庫）
ウェブサイト「明治学院大学図書館デジタルアーカイブス」

光文社文庫

文庫書下ろし／長編時代小説

桑《くわ》の実《み》が熟《う》れる頃《ころ》　南蛮《なんばん》おたね夢料理《ゆめりょうり》㈤

著　者　倉《くら》阪《さか》鬼《き》一《いち》郎《ろう》

2017年7月20日　初版1刷発行

発行者　鈴　木　広　和
印　刷　慶　昌　堂　印　刷
製　本　フォーネット社

発行所　株式会社　光　文　社
〒112-8011　東京都文京区音羽1-16-6
電話 (03) 5395-8149　編　集　部
8116　書籍販売部
8125　業　務　部

落丁本・乱丁本は業務部にご連絡くだされば、お取替えいたします。
ISBN978-4-334-77502-5　Printed in Japan

組版　萩原印刷